노조미 코타

일러스트 = 퐁키치

Genius Hero and
Maid Sister.

신동용사와 메이드 누나 { Presented by Kota Nozomi } 3
Illustration = pyon-Kti

"⋯⋯아앙, 시오 님. 저, 취해버렸어요."

"갑자기 무슨 소리야!"

"왜 너까지 옷을 벗는 건데?!"

"그건, 그러니까… 그만 몸이 뜨거워져버려서?"

"왜 의문형인데…?"

"그러니까, 빨리 시오 님과,
살을 맞대서 몸을 데울 필요가 잇을까 싶어서….

"왜 뜨겁다는 몸을 더 데우려는 건데?"

"어쨌건, 내일 부터는 간만에 휴가다.
오늘밤엔 시내에 나가서 즐겨볼까?"

"아, 안 됩니다! 레비우스 님이
시내에 나가시면 큰 혼란이 벌어집니다!"

CONTENTS

Genius Hero and Maid Sister.3

프롤로그 ——————————— 003

제1장
전직 용사와 남자의 상징 ——————— 013

제2장
전직 용사는 술을 못 한다 ——————— 035

제3장
전직 용사는 노예와 만난다 ————— 089

제4장
전직 용사와 다크 엘프 ——————— 123

제5장
전직 용사와 귀족 ——————————— 171

제6장 전직 용사는 신을 뛰어 넘는다 ——— 195

에필로그 ——————————— 221

Presented by Kota Nozomi / Illustration = pyon-Kti

신동용사와
메이드 누나

Genius Hero and Maid Sister

본문, 컬러일러스트 풍키치

프롤로그 Genius Hero and Maid Sister.

로가나 왕국 서부, 엘트 지방.

사람 사는 곳에서 멀리 떨어진 숲속에는 큰 저택이 있다.

시온 터레스크—— 예전에 세상을 구했지만, 어떤 사정 때문에 다른 사람들이 사는 도시나 마을에서 살 수 없게 돼버린 전직 용사가, 지금은 이런 변경의 땅에 자리를 잡고 있다.

소년과 함께 사는 것은 네 명의 메이드.

아르셰라.

페이나.

이브리스.

나기.

아름다운 외모를 지닌 네 명의 메이드—— 그녀들 또한 다양한 사정 때문에 고향과 가족을 잃고, 시온에게 몸을 의지하고 있다.

전직 용사 소년과 네 명의 메이드.

하나같이 비통한 과거를 지녔고, 햇살이 비치는 세계에서는 살아갈 수 없는 자들이다.

어디에도 갈 곳이 없기에, 사람들 사는 곳과 멀리 떨어진 숲속 깊은 곳에서 서로의 상처를 위로해주며 하루하루를 살아간다.

세상에서 배척당한 자들은 지금——

"아하하! 자, 시 님, 예~이, 예~이!"

"아, 푸우…… 하, 하지 마, 페이나, 물 뿌리지 말라고!"

——다 같이 신나게 물놀이를 하고 있다

저택에서 조금 걸어가면 나오는 숲속의 포수.

평소에는 물고기를 잡거나 하는 곳인데, 오늘은 시온과 메이드 모두가 물놀이를 하러 왔다.

쨍쨍 내리쬐는 햇살 아래.

제일 먼저 호수에 들어간 페이나는, 물가에 있는 시온을 향해서 힘차게 물을 뿌렸다.

"자, 시 님도 빨리 들어와! 진짜 기분 좋아!"

"……아니, 나는."

나기도 모르게 눈을 돌리고 말았다.

페이나의 수영복은 노출이 많은 비키니 타입이다. 풍만한 가슴과 건강미 넘치는 육체가 강조돼서, 아무래도 어린 소년에게는 부담과 긴장을 주게 된다.

"훗훗훗. 그렇게 싫어하면 오히려 더 흥분되네. 끌어안고서 억지로 물속으로 끌고 들어가 볼까~."

"뭐…… 하, 하지 마! 손 조물거리면서 다가오지 말라고!"

"그만 하세요, 페이나."

아르셰라가 냉정한 목소리로 제지했다.

"시온 님이 싫어하시잖아요?"

그리고는 시온의 손을 잡고 땅바닥에 깔아놓은 돗자리 쪽으로 데려갔다.

"자, 시온 님. 먼저 오일부터 바르실까요? 시온 님의 백옥 같은 살결이 햇볕에 타기라도 하면 큰일이니까요."

"아, 응, 그럴까."

"그럼."

"……아니, 잠깐만."

"왜 그러시나요?"

"……왜 네가 벗기 시작하는 건데?"

아르셰라의 수영복도 노출이 상당히 심한 것이었다. 풍만한 가슴은 지금이라도 수영복 밖으로 쏟아질 것 같고, 엉덩이는 거의 다 보일 지경이다.

안 그래도 알몸에 가까운 차림을 하고 있는 아르셰라가, 그 상태에서 옷을 또 하나 벗으려고 했다.

"그러니까, 제 몸에도 오일을 바를까 싶어서요."

"아, 그렇구나, 그거라면 이해──."

"그리고 그 뒤에, 제 몸을 써서 시온 님께도 발라드릴까 합니다만."

"아니, 그건 도저히 이해하지 못하겠거든?!"

"오일을 절약하기 위해서는 이렇게 하는 수밖에 없습니다!"

"그건 절대로 아닌 것 같은데!"

"자, 시온 님. 어서 이쪽으로…… 어서, 어서 그 눈부신 허벅지를……!"

"속마음이 다 새어 나오고 있잖아, 너!"

"자, 잠깐! 뭐 하는 거야 아르셰라!"

시온의 허벅지가 위기에 처한 그 순간, 페이나가 이쪽으로 달려왔다.

"그렇게 재미있는 일을 아르셰라 혼자 독점하는 건 치사해! 오일이라면 내가 발라줄 테니까!"

"아앗. 도, 돌려주세요. 페이나!"

오일이 들어 있는 병을 빼앗으려고 다투기 시작한 두 사람과, 그 둘이 싸우는 틈에 몰래 그 자리에서 도망치려고 하는 시온.

"……정말이지, 저 녀석들은 힘도 넘친다니까."

그런 세 사람을 멀리서 바라보며, 이브리스는 혼자서 해먹에 누워 있었다.

"아~…… 기분 좋~다, 이거. 금방 잠들 것 같아…….."

"이런 곳까지 와서 낮잠인가. 넌 대체 얼마나 자야 직성이 풀리는 거냐."

"……뭐 어때서 그래요~. 누구한테 폐를 끼치는 것도 아니고──."

반쯤 잠든 것 같은 표정으로 말하던 이브리스가, 가까이에 있던 나기의 차림새를 보고는 눈이 휘둥그레졌다.

"뭐야, 너…… 또 그런 변태 같은 꼴을 하고 있는 거야."

"뭐?! 벼, 변태가 아니다! 이것은 『사라시』와 『훈도시』라는 것이다!"

얼굴이 빨개져서 소리를 지르는 나기.

그 모습은── 거의 알몸에 가까웠다.

하얀 천 두 장을 가슴과 사타구니에 감았을 뿐.

하반신의 노출이 특히 심하다. 사타구니를 가로지르는 것처럼 감은 하얀 천이, 엉덩이 사이로 완전히 파고들어서 엉덩이 살을 유난히 강조해주고 있다.

"우리 조국에 전해지는 어엿한 속옷이라고 설명했을 텐데!"

"아~ 그랬었지."

『훈도시』는 속옷으로서는 물론이고, 물놀이할 때도 사용할 수 있는 훌륭한 것이다. 우리 조국에서는 훈도시 하나만 입고 잠수를 해서, 바다 밑바닥에 있는 조개나 새우를 잡는 『해녀』라고 불리는 여자들도 있다."

"……변태들 나라냐?"

"변태가 아니다!"

훈도시 차림의 여성 집단을 상상하고 얼굴을 찌푸리는 이브리스와 분개하는 나기.

그때, 거기에.

"아~ 시 님, 찾았다!"

"기다려 주세요, 시온 님!"

"……큭, 이런. 이대로는—— 억?!"

"헤?"

"어, 어어?!"

오일 병을 들고 쫓아오는 메이드 두 명한테서 필사적으로 도망치던 시온이, 이브리스와 나기가 있는 곳으로 뛰어 들어왔다.

앞을 제대로 보지 않았던 탓에, 시온은 두 사람에게 격돌.

그리고 뒤따라온 아르셰라와 페이나도 추돌.

충격 때문에 놓친 오일 병이 하늘로 날아갔고, 그 오일이 다섯 사람 위로 쏟아졌다.

알몸에 가까운 여자 네 명과 밀착한 상태로 온몸이 오일로 범벅이 돼서 미끌미끌해져 버리는 무시무시한 상황이 시온을 덮치고 말았다.

"으헥, 뭐야 이거…… 으응. 야, 뭐야, 이상한 데 만지지 마! 나기!"

"아, 아니, 손이 미끄러져서…… 앙! 페, 페이나, 어딜 만지는 거냐!"

"아냐아냐, 일부러 그런 거 아냐! 그러니까 이게, 엄청 미끄러워서…… 히응, 으으, 왠지 몸이…… 아, 아르셰라, 이거, 진짜 그냥 오일이야……?!"

"……예, 그럼요. 물론이죠."

"야 너! 내 눈 똑바로 보고 말 해봐! 대체 뭘 섞은 거야?! 틀림없이 이상한 약 섞은 거지!"

오일 범벅이 돼서 난리법석을 떠는 메이드 네 명.

그런 메이드들에게 둘러싸여서, 미끌미끌 주물주물 당하던 시온은,

"……너희들, 나 가지고 놀지 말라고 했지이이이이이이이!"

항상 하던 소리를 크게 외쳤다.

비통한 과거를 짊어지고 세상으로부터 지탄받은 자들.

하지만 어떻게 된 일인지, 그들은 오늘도 아주아주 즐거워 보였다.

Presented by Kota Nozomi / Illustration = pyon-Kti

Genius
Hero
and
Maid
Sister

제1장 전직 용사와 남자의 상징

시온의 저택.

"............."

모든 이가 잠든 심야——

슥삭, 슥삭, 슥삭, 하는.

뭔가를 문지르는 것 같은 소리가 저택의 한 방에서 울리고 있었다.

나기의 방에서.

어떤 사정 때문에 혼자서는 잠을 못 자는 시온은, 매일 밤 메이드 중의 한 명이 당번을 맡아서 같이 자고 있다.

당번이 된 메이드는 주인과 한 침대에서 하룻밤을 같이 보내게 되는데, 당번이 아닌 세 명은 당연히 각자 자기 방에서 자게 된다.

오늘의 같이 자기 당번이 아닌 나기는 평소대로 자기 방에서 잔다. 평소에도 규칙적인 생활을 지키고 있는 나기는, 같이 자기 당번이 아닌 날은 저택의 그 누구보다 일찍 잠자리에 들어—— 야 했는데

최근 며칠 동안.

나기는 매일 밤늦게까지 『어떤 물건』을 작성하고 있었다.

"……좋았어. 이제야 그럴듯해졌다."

만족스러운 얼굴로 중얼거리는 나기.

그 손에 쥔 물건은—— 나무로 만든 봉이었다.

잘 말린 나무를 원기둥 모양으로 깎은 것으로 길이는 약 20cm, 지름은 5cm 정도려나. 끝부분 일부가 잘록한, 원기둥 한쪽에 구체를 달아놓은 것 같은 모양이다.

그런 독특한 모양의 봉을, 손에 들고 있는 사포로 꼼꼼히 문질렀다.

"후후. 좋구나…… 좋은 촉감이다."

열기가 담긴 시선으로 나무 봉을 보면서, 사랑스럽다는 것처럼 쓰다듬었다. 한바탕 촉감을 즐긴 뒤에 다시 사포로 문질렀다.

슥삭, 슥삭, 슥삭, 슥삭.

나기는 작업에 집중하고 있었고―― 그래서 알아차리지 못했다.

깜빡하고 잠그지 않았던 문틈으로, 아르셰라가 엿보고 있다는 사실을.

"……!"

막대 모양 물건을 열심히 문지르고 있는 나기의 모습을 보고만 아르셰라는, 수치심 때문에 얼굴이 빨개지면서 동시에 새파랗게 질리는, 아주 복잡한 표정이 되고 말았다.

다음날 오후――

"시온 님…… 잠시, 시간이 괜찮으실까요?"

시온이 저택의 한 방에서 홍차를 즐기고 있는데, 아르셰라가 상당히 심각해 보이는 얼굴로 말을 걸어왔다.

"무슨 일이야 아르셰라? 얼굴이 그렇게 파랗게 질려서는."

"실은…… 나기 일로 상담 드릴 것이."

"흐음?"

고개를 갸웃거리는 시온.

"뭐야, 뭔데~ 재밌는 얘기야? 웃기는 얘기야? 황당한 얘기야?"

"나기가 뭐 어쨌다는 건데?"

"가까이에 있던 페이나와 이브리스도 다가왔다. 당사자인 나기는 지금 마침 장을 보러 나가 있는 중이다.

'……나기가 나간 틈을 노려서 말을 꺼낸 건가?'

본인 앞에서는 말하기 힘든 이야기라는 뜻일까.

"아르셰라. 나기한테 무슨 일이라도 있었어?"

"예……."

정말 말하기 힘들다는 것처럼, 아르셰라가 이야기를 시작했다.

"어제 늦은 밤…… 제가 잠이 오지 않아서 저택 안을 돌아다니고 있는데, 나기 방의 문이 조금 열려 있었고…… 뭔가 묘한 소리가 났습니다."

"묘한 소리?"

"슥삭, 슥삭, 하고 뭔가를 문지르는 것 같은 소리였습니다. 제가, 그만 무슨 일인가 궁금해져서 방 안을 살짝 엿봤습니다만…… 거기서, 보고 말았습니다."

"보고 말았다고? 대체 뭘?"

"……그것, 입니다."

아르셰라가 말했다.

하지만 무슨 말인지 알 수가 없었다.

"응? 뭐? 뭐, 뭘 봤다는 건데?"

"그러니까…… 그것, 입니다."

"……?"

"그러니까, 그게, 그것은 그거고, 그거를 말합니다……."

"어라?"

"그러니까, 아으~~……."

아르셰라는 수치심에 괴로워하는 몸짓을 보이고, 마침내 각오한 것처럼 큰 소리로,

"나기가── 노리개를 만들고 있었습니다!"

라고 소리쳤다.

시온은…… 여전히 알 수가 없었다.

"노, 노리개……? 그게 대체 뭔데?"

"뭐야?! 저, 전해지지 않았어……?!"

아르셰라는 충격을 받았다.

그리고는 도와달라는 것처럼 페이나와 이브리스 쪽을 봤는데,

"노리?"

"개?"

두 사람도 의미를 모르는 것 같다.

"다, 당신들까지……. 자, 잠깐만 이리로 와보세요."

아르셰라가 두 사람을 불러서는 구석 쪽으로 이동했다. 수치심과 분노가 뒤섞인 표정으로, 두 사람에게 귀엣말을 했다.

상당히 작은 소리로 말한 것 같은데,

"나기가 고추를?!"

"자작 고추를?!"

거기에 대답한 페이나와 이브리스의 반응이, 너무나 컸다.

"자, 잠깐만요 두 사람, 목소리가 너무 커요!"

"……무슨 말이야, 아르세라?"

시온한테도 똑똑히 들렸기 때문에, 다시 한번 물었다.

눈살을 찌푸리고 싶어지는 음탕한 말의 의미를.

"나기가 고…… 아니지, 그러니까…… 남성기를 만들고 있었다는 거야?"

"예…… 그러니까, 뭐라고 할까요."

아르세라는 어떻게 표현해야 좋을지 생각하면서 말했다.

"노리개라는 것은, 즉…… 여성이 자위행위를 행하기 위해서 사용하는 유사적인 남성기를 뜻하기도 합니다……. 어젯밤에 저는, 나기가 그것을 만들고 있는 모습을 보고 말았습니다. 이렇게, 나무 막대를 슥삭, 슥삭, 하고 깎아서……."

"그, 그랬구나……."

볼이 발그레해져서 손을 둥글게 말아서 막대를 붙잡고 위아래로 움직이는 동작을 해 보이는 아르세라와, 마찬가지로 얼굴이 빨개져서 고개를 끄덕이는 시온.

'유사적인 남성기…… 자위행위…….'

열두 살 소년에게는 조금 수준이 높은 이야기였다.

시온이 아무리 무구한 소년이라고 해도, 최소한의 지식은 있다.

아기를 만드는 방법 정도는 알고 있는 것이다.

하지만 반대로 생각해보면 정말로 최소한의 지식밖에 없다는 뜻이 되고—— 성인 여성의 자위행위란, 시온에게는 이해의 범주를 완전히 벗어난 것이었다.

'어, 어떻게 쓰는 거야……?'

시온이 모자란 지식을 총동원해서 열심히 생각에 잠겨 있는데,

"저기 아르셰라, 그거 진짜야?"

페이나가 의심하는 얼굴로 물었다.

"나기가 그런 걸 만들다니, 상상도 못 하겠는데 말이야. 아르셰라라면 그럴 것 같지만."

"……뭔가 실례되는 말을 들은 것 같은 기분도 들지만, 그건 일단 넘어가고—— 예, 틀림없어요. 저도 믿을 수가 없어서, 눈을 크게 뜨고 몇 번이나 확인했는데…… 그건 틀림없는 남성기였어요."

아르셰라는 수치심을 참으려는 것 같은 얼굴로 계속해서 말했다.

"형상이, 그것과 너무나 똑같이 생겼어요. 그걸 나기가, 황홀한 표정으로 열심히 문지르고 있었고……."

"으에~. 진~짜~로~……?"

페이는 뭐라 표현할 수 없는 곤혹스런 표정이 됐다.

"……만약에 말이야아."

이브리스도 떨떠름한 기분 9에 창피함 1 같은 얼굴로 입을 열었다.

"백 보 양보해서 나기가…… 뭐, 그런 걸 만들어서 스스로를 위로했다고 해도 말이야…… 아르셰라, 너, 왜 그걸…… 지금 여기서 말하는 건데? 뭐랄까…… 못 본 척해주는 게 예의잖아."

분명히, 라고 시온도 납득했다.

나기가 몰래 뭔가를 만들고 있다고 해도― 그런 걸 만들었다고 해도, 궁극적으로는 개인의 자유다.

굳이 시온에게 보고할 의무는 없다.

각자의 사생활 영역의 이야기일 테니까.

"굳이 도련님한테 일러바치고 말이야…… 그게 사실이라면, 난 앞으로 무슨 얼굴로 나기를 봐야 하는 건데?"

"저도…… 원래는 밀고할 생각이 없었어요. 나기가 그 어떤 숨겨둔 취미를 가지고 있다고 해도, 못 본 척하려고 했어요. 그것이 같은 여자로서의 배려라고 생각했죠. 하지만…… 무리예요. 그런…… 그런 물건을 본 이상, 도저히…….."

눈물을 참는 것 같은 얼굴로, 아르셰라가 계속해서 말했다.

"왜냐하면…… 나기가 만든 그건―― 엄청나게 거대했단 말이야!"

"……"

분위기가 더 이상해졌다.

이상한 분위기 속에서, 아르셰라 혼자만 필사적이었다.

"이, 이 정도…… 아니, 더…… 이 정도는 됐을지도 몰라요. 알겠어요, 이브리스? 진짜 크죠?"

"아니…… 분명히 크긴 한 것 같은데, 그래서 뭐 어쨌다고? 나기 맘이잖아, 그런 건."

"……아직도 모르겠어요?"

이해할 수 없다는 얼굴로, 아르셰라는 메이드 두 사람을 보면서 말했다.

"이브리스, 페이나…… 우리의 주인님은, 누구지?"

"시 님."

"도련님."

"그래요…… 시온 님이야말로, 우리가 미래영겁 섬겨야 할 유일무이한 주인…… 총명하고 재기발랄…… 젊은 몸이면서도 그 누구보다 강하고, 누구보다 현명하고, 그리고 거룩하신 분…… 이리도 어리고, 가녀리고, 작고 사랑스러운 외모를 지니셨지만, 그래도 너무나 고귀하신 분……."

한마디로, 라고 운을 띄우고, 아르셰라가 계속해서 말했다.

계속 횡설수설하던 이야기가, 이제야 핵심에 다가가려 하고 있다.

"시온 님께 그 몸을 바친 메이드가── 거대하고 늠름한 그것으로 자위행위를 하는 일이 있어서는 안 된단 말이에요!"

"대체 무슨 소릴 하는 거야?!"

참지 못하고, 시온이 한마디 했다.

하지만 아르셰라의 폭주는 멈추지 않았다.

"이건…… 용서받을 수 없는 배신행위예요. 시온 님처럼 천진난만한 소년을 섬기는 몸이면서, 그리도 거대한 물건을 직접 만들다니…… 그런 행위는, 시온 님에 대한 모독일 뿐이라고요……!"

"……지금, 네가 날 현재진행형으로 모독하고 있다는 기분이 드는데 말이야……?"

"아, 시온 님! 안심하세요! 저는 거대한 물건에 대한 집착 따위는 없답니다! 아직 경험은 없지만…… 만약에 나중에 노리개를 직접 만들 기회가 생기면, 반드시 시온 님의 이미지를 담은, 그에 상응하는 크기로──."

"그러니까 지금 대체 무슨 소리를 하는 거냐고!?"

더더욱 폭주하는 아르셰라를, 시온은 도저히 이해할 수가 없었다.

"큭큭. 그렇구만~. 하긴 뭐, 그렇게 커다란 물건을 만들면, 도련님한테 보라는 것 같은 소리가 될 테니까."

이브리스가 놀리는 것 같은 목소리로 말하면서 시온 쪽을 봤다.

"도련님은 아직 꼬맹이니까 말이야."

"……하고 싶은 말이 뭔데?"

"아냐, 아무것도."

"──잠~깐만 기다려봐!"

갑자기 페이나가 큰 소리로 말했다.

"아르셰라도 이브리스도, 당연하다는 것처럼 시 님이 그 나이에 걸맞은 크기라고 정해놓고서 얘기하고 있는데── 어쩌면 말이야, 시 님이 의외로 엄청난 걸 가지고 있을 가능성이 있을지도 모르잖아!"

""──?!""

자신만만한 얼굴로 지적하자, 아르셰라와 이브리스는 경악을 감추지 못했다.

"나기가 어떤 일을 계기로, 시 님 그거 크기를 알게 된 건지도 몰라. 그 사이즈에 따라서 만든 결과물이, 엄청나게 빅 사이즈였을 가능성도……."

"무, 무슨 소릴 하는 거야 페이나. 세상에…… 시온 님이…… 비, 빅 사이즈라니…… 그럴 리가 없잖아요? 시온 님 것은 틀림없이, 이렇게, 몸에 비례하는 것처럼 귀엽고, 무구하고 더러움을 모르는 봉오리 같은……."

"무슨 소리야, 그건 아르셰라가 멋대로 생각하는 거잖아? 왜냐하면 우리 시 님은 어지간한 애들하고 달라서 엄청난 천재에 최강의 전직 용사님이니까, 그쪽도 상식을 벗어났다고 해도 하~ 나도 이상하지 않을 것 같은데 말이야."

"세, 상에……! 서, 설마, 시온 님이…… 사랑스러운 외모에 걸맞지 않은 거대한 물건을…… 으으…… 아냐, 하지만…… 그건 그거대로…… 그래……."

제멋대로 떠드는 페이나와 영문 모를 번뇌에 빠져드는 아르셰라.

"정말이지, 이대로 가다간 끝이 없겠네."

거기에 이브리스까지 참전했다.

"억측들만 늘어놔도 소용없는 일이잖아. 여기서 일단—— 답을 확인해볼까."

그 발언을 계기로, 메이드 세 명이 일제히 시온 쪽을 봤다.

구체적으로 말하자면—— 사타구니 언저리를.

"……아니, 안 보여 줄 거거든?"

반사적으로 외치는 시온. 여자 세 명이 육식동물 같은 눈빛으로 쳐다보자, 등줄기에 오싹, 하고 소름이 돋았다.

"뭐 어때요, 보여준다고 없어지는 것도 아닌데."

"뿌~ 시 님 쪼잔해~."

"무, 물론 저는, 이런 곳에서 시온 님의 비부를 드러낼 생각은 추호도 없었습니다. 정말입니다."

"……너희들, 나 가지고 노는 짓 좀 그만해."

완전히 질렸다는 것처럼 말하면서, 시온은 자리에서 일어났다.

"이번 이야기는 여기서 끝이다. 나기의 사생활에 대해 쓸데없이 캐는 것도 금지하고."

의연하게 말하고, 세 사람에게 등을 돌리고 방에서 나갔다.

'정말이지, 대낮부터 천박한 얘기를…….'

저택 복도를 혼자서, 뚱하게 찌푸린 얼굴로 걸어가는 시온.

세 명이 놀려댄 탓에 머릿속에는 치욕과 분노가 가득했지만, 시간이 지나서 다시 냉정해졌더니 또 다른 걱정거리가 샘솟았다.

'……저, 정말이려나. 나기가, 그런 노리개를 만들고 있었다는 게?'

메이드들한테는 『쓸데없이 캐는 것을 금지한다』라고 했지만, 역시 시온도 마음에 걸리기는 했다.

다른 세 명이라면 또 몰라도, 메이드들 중에서도 가장 정숙하고 가장 강한 정조 관념을 지녔을 것 같은 나기가 그런 행위에 열중해 있었다는 것이, 시온으로서는 어떤 의미에서는 강렬한 충격이었다.

마술에도 무술에도 정통하고, 기타 다양한 학문에도 뛰어난 시온── 그런 소년도, 아직까지 여자에 대해서는 모른다.

여자의 생태나 성욕이라는 것을 전혀 이해하지 못했다.

'……아냐. 좋지 않아. 응, 좋지 않아. 이런 걸, 생각하기만 해도 나기한테 실례가 되는 짓이야. 이제 그만 생각하고──.'

"──나리마님?"

"으아아아아아?!"

깜짝 놀라서 소리를 지르고 말았다.

열심히 고민하면서 걸어가고 있었더니, 어느새 눈앞에 나기가 서 있었다.

"나, 나기…… 인가, 돌아온 거야?"

"예. 지금 막 돌아왔습니다.

"그, 그렇구나…….'

"무슨 일이라도 있으십니까, 나리마님? 뭔가 복잡한 표정으로 생각에 잠겨 계셨던 것 같습니다만?"

"……아무것도 아냐."

"총명하신 나리마님이니까, 틀림없이 아주 고상하고 현묘한 일에 대해 생각하고 계셨으리라 생각합니다만."

"그, 그렇지 뭐…….'

완전히 저속한 생각을 하고 있었다는 말은, 죽어도 할 수가 없었다.

"흐음. 뭔가 얼굴이 빨개지신 것 같습니다만."

"안 빨개!"

필사적으로 부정하는 시온.

하지만 나기의 얼굴을 보고 있으니…… 자꾸만 아까 했던 이야기가 머릿속에 떠오른다. 사고가 외설적인 방향으로 기울어버리는 것이다.

'아냐…… 잠깐만. 아직 아까 그 얘기가 진실이라고 확정된 건 아니니까. 아르세라가 뭔가를 잘못 봤을 가능성도…….'

"나, 나기……."

시온은 마음을 굳게 먹고 이야기를 꺼냈다.

"왜 그러시는지요?"

"그러니까, 뭐라고 할까…… 요즘, 어, 어때?"

"……예?"

아무래도 질문이 너무 추상적이었는지, 나기는 깜짝 놀란 표정을 지었다.

하지만 당연하게도, 그걸 직접적으로 물어볼 수도 없다.

"아니, 그러니까, 그게…… 바, 밤에 잠은 잘 자고 있고?"

시온 나름대로, 최대한 에둘러서 물어보는 표현이었다.

"예…… 수면에 관해서는 딱히 아무 문제도 없다고 생각합니다만."

"그렇다면 다행이고…… 그런데, 그게…… 바, 밤에 늦게까지

뭔가를 하는 일도, 있지 않던가? 밤중에 뭔가 작업을 한다든
지…….”

“작업……?”

나기는 처음에는 잘 모르겠다는 표정을 지었지만, 바로 “아” 하
고 뭔가를 알아차렸다는 것처럼 말하고는.

“혹시── 제가 밤중에 그걸 만드는 일에 대해 말씀하시는 것
인지요?”

“뭐어?!”

‘이, 인정하는 건가?!’

생각 외로 간단히 인정했기에, 이상한 목소리가 나오고 말았
다.

“그, 그거라는 게, 나, 나무로 만든…….”

“그렇습니다.”

“그러니까…… 이런 모양이고, 이만한 크기고, 여기가 잘록한
느낌인…….”

“바로 그렇습니다.”

손짓발짓 섞어가며 아르셰라가 말했던 모양을 전달했더니, 나
기는 이번에도 바로 인정해버렸다.

‘저, 정말, 이었나……. 나기는 역시나, 그런 노리개를…….’

입이 떡 벌어지려는 시온.

나기는 대조적으로, 아주아주 평범한 말투로 이야기를 시작했
다.

“실은 최근에, 밤마다 계속 그것을 만들고 있었사옵니다…….

전부터 조금씩 만들던 것이 겨우 모양이 잡히기 시작했습니다."

창피하다는 것처럼, 그러면서도 어딘가 자랑스러워하는 투로 말하는 나기.

"이제 곧 완성된다고 생각했더니 저도 모르게 열중하게 돼서, 늦은 밤까지 마무리를…… 아. 혹시, 너무 시끄러웠사옵니까? 소리가 안 나게 조심하기는 했습니다만……."

"아니, 소, 소리는 괜찮아……."

"그러시다면 다행입니다."

"하지만, 꽤, 꽤나 열심히 작업하는 것 같던데."

"예…… 창피하게도."

나기가 쑥스러워하면서 말했다.

"어릴 적부터, 그런 것을 만드는 게 좋아서."

"어, 어릴 적부터?!"

"제가 이름을 지어주기도 했습니다."

"이, 이름도 지어주는 거야?!"

"역시…… 안 어울리겠지요. 저 같은 여자에게, 이런 귀여운 취미는."

"……아냐~ 그, 그런 건 아니고……."

자조하는 것처럼 나기 앞에서, 시온은 뭐라고 대답해야 좋을지를 몰랐다.

솔직히 말해서 질려버렸다.

완전히 질려버린 상태였다.

"저, 나리마님…… 혹시 괜찮으시다면, 다음에, 나리마님을 위한 것도 만들어드려도 되겠습니까?"

"나, 날 위해서?!"

"예. 제가 만든 것을 나리마님께 진상하고 싶사옵니다."

결코 장난치는 분위기가 아닌, 진지한 얼굴로 말하는 나기.

시온의 혼란은 최고조에 달했다.

'……어? 어라? 나, 나한, 테? 남자인 나한테, 남자 그걸……
어? 뭐지? 뭘, 어떻게 해야 하는 거야……? 대체 어디다 쓰라는
거지?'

열두 살의 성 지식으로는 도저히 대응할 수 없는 정보였기 때
문에, 뇌가 터져버릴 것만 같았다.

"나리마님……?"

"아니, 저기…… 나, 나기 마음은 정말 고맙지만…… 그런 건
나한테는 좀 이르다고 할까…… 가능하다면 앞으로도 사용하는
일이 없었으면 싶다고나 할까……."

"……그렇, 겠지요. 죄송합니다. 제가 만든 못난 물건 따위, 나
리마님께는 어울리지 않겠지요……."

"으아, 아, 아냐. 나기 마음이 기쁘다는 건 사실이지만…… 나,
나 같은 남자한테는 필요 없을 것 같다는 생각이 들어서 말이
지……?"

"허어……? 그것에는 남자도 여자도 상관없다고 생각합니다
만?"

"상관없어?! 그렇다면, 역시…… 남자한테도 쓰는 방법
이……?"

"예…… 뭐, 방에 장식해두는 것 외에는 쓸 방법이 없다고 생각합니다만."

"나, 남자가 쓴다면, 역시 거기에── 뭐?"

마침내 사고가 위험한 선을 넘어버리기 직전에, 겨우 시온은 자신과 상대의 이야기가 어긋나 있다는 사실을 알아차렸다.

"자, 장식한다고……?"

"예."

나기는 태연하게 대답했다.

"목각 인형이니, 보통은 장식해두는 것이 아니겠습니까?"

"…………."

인형?

"네, 네놈들……! 부끄러운 줄을 알아야지!"

분노의 고함소리가 저택 안에 울려 퍼졌다.

나기는 눈을 부릅뜨고, 열화와도 같은 분노를 드러내고 있었다.

하지만 얼굴은 새빨갛게 물들어있는 것이, 격렬한 치욕의 기색도 드러나 있었다.

"나리마님께 잘못된 지식을 심어놓다니……! 이 내가 밤이면 밤마다, 나, 나, 남근 모양의 목각을 만들고 있다는 소리를……! 파렴치한 짓도 정도껏 하지 못할까!"

떡 버티고 서서 불같이 화를 내는 나기 앞에는, 세 명의 메이드들이 있다.

하나같이 무릎을 꿇은 자세로.

"뿌~. 난 잘못 없거든~. 말 꺼낸 건 아르셰라거든~."

"그래, 맞아. 전부 아르셰라가 잘못했어."

불만이라는 표정의 페이나와 이브리스는, 옆에 앉아 있는 아르셰라를 노려봤다.

"나, 나는 그저, 조금 착각했을 뿐이야. 솔직히…… 그건, 아무리 봐도 남근으로밖에——."

"무, 무슨 소리냐! 아무리 봐도 귀여운 『코케시』가 아닌가!"

필사적으로 소리치면서, 나기는 손에 들고 있는 인형을 내밀어 보였다.

이걸 『코케시』라고 하는 것 같다.

나기의 조국에 전해져 내려오는, 전통적인 공예품이라고.

'……그러고 보니, 목각 인형을 좋아한다고 했었지. 직접 깎기도 한다는 말도 했었고.'

전에 비스테아에서 같이 장을 봤을 때—— 토끼 목각 인형을 선물했던 때에 그런 이야기를 했던 것도 같다.

방 한쪽에 앉아, 멀리서 메이드들을 지켜보고 있던 시온은, 나기가 들고 있는 인형을 다시 한번 살펴봤다.

나무를 깎아서 만든 것 같은 인형.

원기둥 모양이고, 한쪽 끝은 둥그스름하고, 그리고 중간에 잘록한 부분이 있다.

'……음.'

처음에 아르셰라가 『그런 물건』이라고 말한 탓일까.

이제는 그냥, 아무리 봐도——

"고추 맞네.'

"고추네."

"……저기, 나기? 사실은 우릴 속이려고 하는 것 아냐? 솔직히 말이야, 그런 외설적인 모양의 물건이 전통적인 인형이라니……."

"큭…… 네놈드을, 항상, 매번 내 조국의 문화를 무시하다니……!"

너무나 불쾌하다는 것처럼 신음하는 나기.

"이, 이건 아직, 나무를 깎아놓기만 한 상태라서, 고…… 그, 그것처럼 보일 뿐이다! 여기에, 제대로 얼굴을 그려 넣으면——."

""""고추에 얼굴을……?!""""

"고추가 아니란 말이다!"

미지의 문화에 감탄한 것 같은 표정의 세 사람을 향해 절규하는 나기.

혼자서 떨어진 곳에 앉아 있던 시온은,

'……시시한 시간을 보냈네.'

바깥 경치를 바라보며, 깊은 한숨을 쉬었다.

Presented by Kota Nozomi / Illustration = Pyon-Kti

Genius
Hero
and
Maid
Sister

제 2 장

전직 용사는 술을 못 한다

바탐.

로가나 왕국 서쪽 지방—— 엘트 지방에 있는 도시 중에 하나다.

그 도시 입구에, 아르셰라와 이브리스 두 사람이 있었다.

장을 보러 나온 것이다.

"하아~ 귀찮아 죽겠네. 정말이지, 왜 굳이 이렇게 멀리까지 장을 보러 나와야 하는 거냐고……."

"투덜대봤자 소용없어요."

짜증 난다는 얼굴의 이브리스에게, 아르셰라가 나무라는 것처럼 말했다.

"지난번 소동 때문에, 비스테아에서는 조금 눈에 띄게 돼버렸으니까요. 당분간은 안 가는 쪽이 현명해요."

"아, 예이. 그랬었지요."

메이드들이 장을 보러 나갈 때, 평소 같으면 거의 비스테아를 이용했지만—— 하지만, 비스테아에서는 지난달에 어떤 사건이 일어났었다.

『영(제로)번 연구실』.

원래는 정부 직할 조직이었지만, 2년 전에 전쟁이 종결된 것과 동시에 존재 자체가 은폐되어버린 어둠의 연구기관.

그 잔당들이 국가 전복을 꾸미며, 그 테러 활동을 시작하는 지점으로 선택한 곳이 바로 비스테아였다.

결과적으로── 그 활동은 실패로 끝났다.

시온과 메이드들의 활약에 의해.

단 한 사람의 사망자도 없이 반정부조직을 제압하는데 성공한 시온 일행이지만── 그때, 약간 눈에 띄고 말았다.

특히 시내에 풀어놓은 인마병들을 쓰러트리기 위해서 움직였던 페이나, 이브리스, 나기 세 사람은『국가에서 비밀리에 파견한 기사단원』이라는 소문까지 돌고 말았다.

불필요하게 눈에 띄는 것은, 은거 생활을 하는 시온과 메이드들에게는 피하고 싶은 일이었다.

분위기가 가라앉을 때까지는 비스테아에 가까이 가지 않기로 하고, 장을 보는 등의 볼일이 있을 때는 다른 도시에서 해결하기로 결정했다.

"흐응……. 왠지 비스테아하고는 인상이 많이 다른 동네네. 하나같이 아주 품위가 넘치는 얼굴들이야."

깔끔하게 포장된 돌바닥 길을 걸어가며, 이브리스가 주위를 둘러보면서 말했다.

길을 오가는 사람들은 어른이고 아이고 하나같이 깔끔한 옷을 입은 사람들뿐. 노예나 부랑자는 보이지도 않는다. 뒷골목까지 깔끔하게 청소하고 있는 것 같은, 청결한 느낌과 고급스러운 느낌이 넘쳐나는 곳이었다.

"이브리스는 여기에 처음 오는 거죠."

앞서 걸어가는 아르셰라가 말했다.

"비스테아는 서쪽 국경과 가까운 상업 도시…… 사람이나 물자가 많이 드나들고, 상업 조합의 영향력이 강한 도시야. 한편으로는 중앙과의 유대가 강한 곳이기도 하고. 간단히 말하자면 귀족들의 도시라는 얘기지."

"하앙. 어쩐지 조용할 만도 하네."

"도시 중심부에는 귀족들만 들어갈 수 있다는 것 같아. 우리 같은 외부인이 들어갈 수 있는 곳은 제일 바깥쪽에 있는, 바로 여기 상업지구뿐이고."

"헹. 인간이라는 놈들은 여전~히 차별이나 구별을 아~주 좋아하는 생물이네."

빈정대는 것처럼 웃으며, 이브리스가 말했다.

"귀족인지 뭔지 모르겠지만, 힘이 아니라 출생만 가지고 모든 게 정해지다니, 이해할 수 없는 세상이라니까."

"……그러게 말이야."

무겁게 고개를 끄덕인 아르셰라가, "하지만"이라고 운을 띄웠다.

"출생으로 모든 게 정해지는 건―― 우리도 마찬가지잖아?"

"……큭큭. 그건 그러네."

이브리스는 여전히 빈정대는 것처럼 웃었다.

그때.

조용했던 시내에, 갑자기 시끄러운 집단이 나타났다.

어른 남녀가 섞인, 수십 명가량의 집단.

그 사람들은 깃발과 팻말을 들고, 큰소리로 뭔가를 외치고 있었다.

"아인에게도 인권을!"

"노예 제도는 구시대의 나쁜 풍습이다!"

"지금이 바로 로가나 왕국 국민의 긍지를 되찾을 때입니다!"

"우리 로가나 왕국은 대륙에서 가장 뛰어난 국가다! 그렇기 때문에, 다른 나라를 이끄는 입장이 되어야만 한다!"

"노예 제도를 철폐하라! 아인도 우리 인간의 친구다!"

집단 속의 사람들이 제각기 소리쳤다.

들고 있는 깃발과 팻말에는 『노예 제도 철폐!』 『아인에게 인권을!』 등의 글자가 적혀 있었다.

"……뭐야 저건?"

"노예 반대 운동이네. 최근에 활발하다는 것 같아."

고개를 갸웃거리는 이브리스에게, 아르셰라가 설명해줬다.

"신문에서도 본 적이 있어. 최근에 일부 귀족들 사이에서, 노예 제도를 폐지하려는 움직임이 있다는 것 같아. 기사단 부대의 대장 중의 한 명이 앞장서서 움직이고 있다는 것 같고."

고개를 갸웃거리는 이브리스.

"영문을 모르겠네. 노예 놈들이 반기를 든다면 모를까, 왜 귀족 놈들이 노예를 위해서 움직이려고 하는데?"

"이런저런 사정은 있겠지만…… 한마디로 말하자면 『평화롭기 때문에』겠지."

한숨을 쉬며, 아르셰라가 말했다.

"마왕이라는 명확한 위협이 사라지고, 모든 이가 바라던 평화로운 세상이 찾아왔어. 로가나 왕국은 전쟁의 공로자인 『용사』 레비우스를 거느린 대국으로서, 지금은 상당히 안정된 상태에 있지. 전쟁도 없고, 경제도 안정되고…… 그렇게 되면 먹고 사는 데 곤란하지 않은 귀족들이 바라는 것은 미용이나 기호품…… 그리고 품위 정도가 되는 거야."

"품위이?"

"보다 훌륭한 인간이 되고 싶다…… 아니지, 『나는 훌륭한 인간이다』라는 자부심을 갖고 싶어진다고 봐야겠지."

"하앙. 한마디로 귀족들의 변덕질이구나."

"진정한 상냥함이나 정의감 때문에 행동하는 사람도 있을 수 있겠지만…… 어쨌건, 나라가 평온하기 때문에 일어나는 운동이겠지."

아직 마왕이 살아 있던 시절── 나라가 어지러웠던 시절에는, 이런 운동은 상상도 할 수 없었다. 귀족들은 하나같이 노예를 거느리고, 그리고 혹사시켰다.

낮은 급여로 부리는 노동력으로서.

때로는 위기에 맞서게 하는 용병으로서.

그리고── 자신의 몸을 지키기 위한 방패로서.

쓰고 버리기 좋은 노예의 수요는 컸다.

하지만 일단 세상에 평화가 찾아오자, 이번에는 고상한 소리를 하면서 성인군자처럼 굴기 시작한다.

"이 나라에서는 지금까지도 비슷한 운동이 있었다는 것 같은데, 이번에 특히 문제시되는 건── 아인 노예라는 것 같아."

"…………."

순간, 이브리스의 표정이 굳어졌다.

"이브리스도 알고 있다시피, 이 나리는 기본적으로 아인의 거주가 금지돼 있으니까. 유일하게 인정되는 것은 인간의 노예가 돼서 사는 것뿐이고."

담담하게 말하는 아르셰라.

아인.

그것은 사람이면서 사람이 아닌 존재의 피가 섞인 자들을 일컫는 말이다.

수인, 엘프, 드워프, 마족과의 혼혈…… 등등.

인간의 외모와 능력을 지니고 태어난 자들은, 소위 아인이라고 불린다.

그들 대부분이 자신의 나라를 지녔고, 독자적인 사회와 문화를 구축해서 살아가고 있지만— 여러 사정 때문에 인간들의 나라로 흘러들어오는 자들도 있다.

인간 사회에서 아인의 취급은, 나라마다 크게 다르다.

아인이 아무렇지도 않게 인간들과 같이 살아가는 나라도 존재하지만── 로가나 왕국에서는, 아인은 상당히 약한 입장이었다.

그 원인 중에 하나는 오랫동안 이어져 온 마족과의 전쟁.

아인을 마족과 동일시하는 자들이 많고, 혐오나 증오의 대상이 되는 경우도 많았다.

그런 아인이 이 나라에서 살아갈 수 있는 유일한 방법.

그것은 인간의 노예가 되는 것이다.

노예가 된다면──『사람』이 아닌『소유물』이 된다면, 아인이라도 이 나라에서 생존하는 것이 허락된다.

"아인과 마족을 명확하게 구분하는 기준은 존재하지 않아. 그래서 아인이 차별을 받고 격리당하는 나라도 적지 않지만…… 대륙에서 가장 큰 나라인 로가나 왕국이 변해가면, 앞으로 인간들 사이에서 아인의 입장이 달라지게 될지도 모르지."

"……상관없어."

어딘가 포기한 것 같은 말투로, 이브리스가 말했다.

"아인들이 어떻게 되건 말건, 나하고는 상관없는 일이라고."

거친 말투로 말했다.

마치 자기 자신에게 하는 말처럼.

"아르셰라. 볼일이나 후딱 해치우자고."

이브리스는 큰 소리로 노예 해방을 외치는 집단에게 등을 돌리고서 걸어갔다. 아르셰라도 그 뒤를 따라갔다.

"일단── 서점이라도 둘러볼까?"

"그러자."

아르셰라는 고개를 끄덕였다.

오늘 두 사람이 부탁받은 일은 일용품 구입과── 책 구입이었다.

"도서관에 있는 격식 있는 책들은 시온 님이 과거에 어느 정도 독파하셨어…… 이번에 부탁하신 것은 동화나 민간전승 같은, 민속학적인 접근을 기대할 수 있는 책이야── 성검에 관한 동화나 우화를 샅샅이 찾아보자."

"헹. 뭐랄까, 꽤나 가느다란 실을 더듬어가는 느낌이네."

"어쩔 수 없잖아."

아르셰라는 어깨를 살짝 으쓱거렸다.

"성검에 대해, 그리고 마왕의 정체, 나아가서는 『노인』이라는 의문의 소년…… 이런 게, 제대로 된 책에 적혀 있을 리는 없을 테니까."

지난달──

비스테아에서 열렸던 무투대회.

『영번 연구실』이 어떻게 나오는지를 보기 위해서 참가했던 그 대회에서── 시온은 정체불명의 존재들과 만났다.

노인이라고 하는 소년.

그리고── 2년 전에 쓰러트렸던 마왕.

자신들의 손으로 쓰러트렸던 마족의 왕과 재회하고, 그녀가 원래는 인간이라는 사실이 판명됐다.

사람들을 위해서 마족과 싸웠던 『용사』라고 불리는 자── 그 것이 마왕의 정체였다.

세상을 구한 용사의 영락한 몰골.

바로 그것이── 시온이 쓰러트린 마왕이었다.

먼 옛날, 그녀 또한 마왕을 쓰러트렸을 때에 시온과 마찬가지로 저주에 걸렸다. 그저 그곳에 존재하기만 해도 주위의 생명을 빨아들이는 괴물. 믿었던 동료들에게 배신당하고, 자신이 구해준 사람들에게 미움을 사고, 괴롭힘당하고, 멸시당하고, 얕보이고…… 그리고 그녀는, 세상을 저주하고 말았다.

그 순간에, 그녀의 몸도 마음도 마(魔)로 타락하고 말았다.

자신이 쓰러트렸던 마왕과 똑같은 존재가 되어버린 것이다──

그것이 지난달에 있었던 해후를 통해서 알게 된 마왕의 이야기.

시온은 이 이야기를 메이드 네 명에게도 전해줬다.

숨길 필요는 없다고 생각했고, 가능하다면 정보를 공유하며 조사하고 싶었다.

뜬금없는 이야기라서 믿어주지 않을 가능성도 있다고 생각했지만── 메이드들 중에, 시온의 이야기를 의심하는 자는 없었다.

그 신뢰는 좋았다. 하지만.

그녀들에게도 마왕의 전체와 노인에 대한 일은, 충격적인 새로운 사실이었던 것 같다. 마왕이 원래는 인간이었다는 사실을 알아차린 자는 단 한 명도 없었고, 그리고 노인이라는 소년에 대해서도 전혀 짐작 가는 것이 없다는 것 같았다.

"……후우~."

저택의 서고.

책을 읽다가 고개를 든 시온은, 깊은 한숨을 내쉬면서 미간을 주물렀다.

'역시 조금 피곤하네.'

아르셰라와 이브리스가 장 보러 나가 있을 무렵.

시온은 서고에 틀어박혀서 책을 보며 조사하고 있었다.

점심 식사를 한 뒤로 대략 네 시간 정도 계속 책만 읽고 있었다. 책상 옆에는 지금까지 독파한 책들이 십여 권이나 쌓여 있고.

"나리마님, 잠시 쉬시는 것이 어떻겠습니까?"

두 손을 들고 기지개를 켜고 있었더니, 나기가 홍차를 가지고 방으로 들어왔다.

"고마워 나기. 그래, 잠깐 쉴까."

고맙다는 말을 하고, 잔을 집어서 차를 입으로 가져갔다.

"뭔가 유익한 정보는 있으신지요?"

"……아쉽게도, 그렇게까지 눈에 들어오는 발견은 없네. 이미 알고 있는 지식이나 아무런 근거도 없는 억측, 망상들뿐이었어."

탄식하면서, 다 읽은 책더미를 봤다.

그 전부가―― 성검에 관한 책이었다.

성검.

성스러운 검.

신이 인간에게 내려준, 마족에 대해 절대적인 위력을 자랑하는 무구.

머나먼 옛날, 나약한 인간을 불쌍히 여긴 신들이 인간을 위해서 만든 무구라고 전해진다.

그 사용 조건은―― 인간일 것.

단지 그것뿐.

성검은 순수한 인간만이 다룰 수 있고, 반대로 말하자면 인간이기만 하면 그 누구라도 발동시킬 수 있다.

"『멜토르』를 몸속에 흡수하면서, 나한테 걸린 저주가 약간이나마 약해졌어. 마왕의 저주와 성검에 뭔가 인과관계가 있다는 건 분명해. 그래서 성검에 관한 책들을 모조리 읽어봤는데…… 그렇게 마음대로는 안되네."

"……어려운 일이군요."

아쉽다는 것처럼 말하는 나기.

시온은 천천히, 오른손을 들었다.

봉인 술식을 새겨놓은 검은 장갑 속에는── 끔찍한 각인이 있다.

마왕의 숨통을 끊은 오른손에, 저주가 걸렸다.

이 각인이 새겨진 날부터── 시온은 저주받았다.

에너지 드레인.

그저 존재하기만 해도 주위의 생명을 빨아들이는 괴물.

자신의 의지로 어느 정도 억누를 수는 있지만, 완전히 막는 것은 불가능했다.

하지만.

손쓸 도리가 없었던 저주에, 최근 들어 한 가지 변화가 찾아왔다.

약 두 달 전── 어쩔 수 없는 사정 때문에, 시온은 예전의 애검──『멜토르』를 자기 몸속에 흡수했다.

인간만이 다룰 수 있는 성검── 그 특성을 강제로 바꿔서 자신의 것으로 삼았다.

성검을 마검으로 변모시킨 것이다.

그러자 시온의 저주에 변화가 일어났다.

저주가—— 아주 조금이나마 약해진 것이다.

아무리 손을 써도 어떻게 할 수 없었던 저주가, 아주 약간이나마 약해졌다.

성검을, 그 몸속으로 흡수하면서——

'……책에서 조사할 수 있는 내용에는 한계가 있는지도 모르겠네.'

성검과 저주의 관계성에 착안한 날부터, 메이드들에게 부탁해서 성검에 관한 책을 찾아오게 하고는 있지만, 지금까지는 눈에 띄는 성과가 없다.

시장에 돌아다니는 책에는 시온이 원하는 수준의 정보가 없는 건지도 모른다.

"결국…… 실물을 조사하는 게 제일 빠를 텐데 말이야."

"실물, 이라고 하시면, 다른 성검이라는 말씀이십니까?"

끄덕, 시온이 고개를 끄덕였다.

"가까운 것부터 따지자면…… 이 나라에는 내가 흡수한 『멜토르』 외에도 성검이 두 자루 더 있어."

"『자그람』과 『리터』 말씀이시군요."

로가나 왕궁에는 대대로 전해 내려오는 세 자루의 성검이 있다.

질량을 잡아먹는 『자그람』.

흐름을 관장하는 『리터』.

그리고—— 거리를 장악하는 『멜토르』.

"이 나라의 성검은 전부 왕족의 관리 하에…… 왕족이 인정한 존재만 사용이 허락되는 형태로 되어 있지. 『멜토르』도 대외적으로는 레비우스가 소유한 걸로 돼 있지만, 왕도 밖으로 가지고 나가는 건 인정되지 않는다는 것 같아."

사실 지금 왕도의 보물고에 보관되어 있는 것은, 시온이 만든 가짜 『멜토르』지만.

겉모습과 최소한의 성능만을 갖춘 것으로, 레비우스 말고 다른 사람이 사용하면 단번에 가짜라는 걸 알 수 있겠지만, 다행이 아직은 들키지 않은 것 같다.

"나머지 두 자루, 『자그람』과 『리터』는── 기사단 단장과 부단장이 소유하고 있어."

시온이 그렇게 말했다.

나기는 진지한 표정을 지었다.

"……로가나 왕국 기사단 단장과 부단장…… 직접 싸워본 일은 없지만, 소문은 익히 들었습니다. 마왕군에서도, 그 두 사람의 성검 보유자는 특히 주의해야 할 전력이라고 경계했었지요."

"그렇겠지."

"물론, 제일 두려워했던 것은 시온 터레스크라는 우레와도 같은 이름이었습니다만."

"……구, 굳이 추켜세워 주지 않아도 되거든."

시온이 딴죽을 걸었다.

"기사단 단장, 부단장은 왕실이 절대적으로 신뢰하는 전사고, 그 사람들이 소유한 성검도 나라에서는 아주 소중한 보물이야."

국민들의 인기만 따지면 마왕을 쓰러트린(것으로 알려져 있는) 레비우스 쪽이 더 좋을 것이다.

하지만 전쟁의 진실을 알고 있는 왕실 입장에서 보면, 레비우스는 꼭두각시 용사일 뿐이다.

나를 움직이는 자들이 무엇보다 신뢰하는 전력은, 기사단의 정점에 있는 성검 보유자 두 사람이다.

"한마디로 나머지 성검 두 자루는 나라가 아주 열심히 관리하고 있다는 얘기야. 왕도에서 쫓겨난 내가 아무리 간절하게 고개를 숙여가며 부탁을 해봤자, 성검을 만지는 건 불가능하겠지."

"하지만…… 시온 님이라면 얼마든지 방법이."

"하긴 뭐—— 방법이 없는 건 아니지. 억지로, 더러운 방법이라면 얼마든지 생각할 수 있어. 하지만 그걸 실제로 생동을 옮기면, 이 나라 전체를 적으로 삼게 될 테니까."

"…………."

"나는 나라를 어지럽혀가면서까지 원래 몸을 되찾고 싶지는 않아."

시온은 말했다.

딱 잘라서 말했다.

지난번 전쟁에서 뼈저리게 느꼈다.

나라가 어지러워졌을 때, 가장 피해를 입는 것은 약한 사람들이다. 그 사람들의 인생을 희생시키면서까지 자신만을 위해서 살 수는 없다.

이미 용사라는 칭호는 잃어버렸지만——

그래도 마음 정도는 용사이고 싶으니까.

"정말로 상냥하시군요, 나리마님은."

"······상냥한 게 아냐. 그냥 보통이야, 보통."

온화한 미소를 짓는 나기에게, 시온은 쑥스러워하면서 대답했다.

"아무튼── 성검을 직접 조사하는 방법은 현실적이지 못해. 진도가 느린 작업이 되겠지만, 성검과 관련된 서적이나 소문 같은 것들을 샅샅이 조사해나가는 수밖에 없겠지."

"알겠습니다. 저희도 온 힘을 다 하겠습니다. 나리마님의 저주를, 하루빨리 풀 수 있도록."

"고마워 나기. 그래, 이 저주를, 하루라도 빨리──."

말하는 중에, 시온은 문득 생각에 잠겼다.

'······저주, 인가.'

성검을 흡수하고 저주가 아주 조금 약해졌을 때부터, 시온의 머릿속에서는 계속 어떤 생각이 맴돌고 있었다.

과연 이것이 저주일까, 라는 근본적인 의문.

『멜토르』를 흡수하면서 에너지 드레인이 약간이나마 약해졌다. 하지만 더 정확히 말하자면── 컨트롤할 수 있게 됐다, 는 표현이 더 가깝다고 할 수 있다.

항상 발동하고 있는 에너지 드레인은 약해졌지만── 해방했을 때의 힘은 전혀 약해지지 않았다

약해진 것이 아니라── 제어할 수 있는 범위가 더 넓어졌다는 뜻이다.

성검의 힘으로 저주를 중화했다기보다는.

마치, 둘로 나뉘어 있던 것이 하나로 합쳐진 것 같은——

'저주…… 나는 당연하다는 것처럼, 『저주』라는 말을 쓰고 있었어.'

하지만 과연, 이게 저주가 맞는 것일까.

저주가 아닌, 뭔가 다른——

'……그래. 그 때, 마왕과 했던 대화——.'

"나, 나리 마님, 무슨 일이라도 있으신지요?"

"……응? 아니, 그냥, 조금 마음에 걸리는 게 있어서."

기억을 더듬으면서, 시온이 말했다.

"지난달 무투대회 때에…… 마왕과 대화했다는 건 너희한테도 말했었지."

"아, 예……."

아무것도 없는 공간에서, 마왕과의 대치——

아직 인간이었던 시절의 마왕과—— 용사라고 불리던 시절의 모습을 한 마왕과, 시온은 말을 주고받았다.

"짧은 시간이었지만 여러 가지에 대해 말했어. 마왕의 과거와 역사, 그리고…… 내 저주에 대해서도."

하지만, 하고. 시온은 계속 말했다.

"이제 와서 생각해보면—— 마왕은 단 한 번도 『저주』라는 말을 하지 않았어."

예전에 마왕은 시온과 비슷한 일을 겪었다고 했다.

당시에 존재했던 마왕을 쓰러트렸고, 저주에 걸렸고—— 그리고 마의 존재로 타락했다.

하지만 같은 상황을 경험했으면서도, 그녀는 『저주』라는 말을 입에 담지 않았다. 오른손에 새겨진 그것에 대해서도 『각인』이라고 표현했던 것 같고.

"그 마왕과의 해후는…… 전부 노인이라는 소년이 만들어준 상황이었어. 주어진 정보를 어디까지 있는 그대로 받아들여야 좋을지 고민하기는 했지만……."

하지만.

마왕의 말만은 믿어도 될 것 같았다.

입에서 나오는 말이 전부 수상하고 존재 그 자체도 애매모호했던 노인과 대조적으로, 빛이 없는 세계에서 다시 만났던 마왕에게는…… 뭐라고 할까, 아무것도 없었다.

성의와 열의가 없는 대신에, 타산이나 꿍꿍이도 없었다.

죽은 사람처럼 감정이 없는 눈에서는, 이쪽을 함락하려는 뜻이 전혀 느껴지지 않았다.

"저주에 걸렸다면 저주를 풀 방법을 찾으면 되는…… 그런 단순한 일이 아닐지도 모르겠어."

시온이 깊은 한숨을 쉬었더니,

"저주, 성검……."

나기도 생각에 잠긴 것 같은 표정을 지었다.

"왜 그래, 나기?"

"그게…… 대단한 일은, 아닌지도 모르겠습니다만."

그렇게 말하고, 나기는 "잠시, 빌려도 되겠습니까?"라고 말하고는 책상 위에 있었던 펜을 손에 들고 종이 위에 뭔가를 적어나 갔다.

하얀 종이에는 이렇게 적혀 있었다.

呪

시온에게는 낯선 기호였다.

"이건……."

"저희 조국에서 쓰는 글자입니다."

낯설고 각진 모양의 기호는 동방 섬나라의 글자라는 것 같다.

"이 글자는 『저주』, 『저주하다』라는 의미의 글자입니다. 그리고——."

나기는 계속해서 펜을 놀렸다.

『呪』 옆에, 이렇게 적었다.

祝

"이쪽은 『축하』나 『축복』을 의미하는 글자입니다."

"『축복』……."

"비슷하지 않습니까?"

나기의 물음에, 고개를 끄덕였다.

두 글자는 정말 비슷했다.

『呪』와 『祝』.

정반대의 뜻을 지니는 글자가, 너무나 닮았다──

"이 두 글자가 비슷하게 생긴 이유는『저주』도『축복』도 본질적으로는 같기 때문이라고 전해집니다."

"본질이, 같다고……?"

"둘 다 섭리 밖에서 찾아오는 것, 이라는 의미에서는 같은 것입니다. 예로부터 저희 조국에서는, 상식적으로는 이해할 수 없는 현상에 대해 자신들에게 좋은 것은『축복』이라고 부르며 좋아했고, 반대로 해를 끼치는 것에 대해서는『저주』라고 부르며 꺼렸습니다……."

"…………."

『저주』와『축복』.

완전히 반대되는 의미고, 원래는 서로 어우러질 수 없는 두 가지 사상.

하지만 동방의 섬나라에서는 양쪽의 사이에 공통점을 찾아냈고, 본질적으로는 같은 것이라는 생각을 가지고 있었다. 그래서, 그것들을 표현하는 글자가 비슷하다.

'예를 들자면…… 하늘에서 내리는 비라든지…… 그렇구나.'

비라는, 하나의 자연 현상.

비가 오지 않는 탓에 물 부족에 시달리는 지역에 비가 내리면 그것은『축복의 비』가 된다. 한편으로 과도한 호우는 일종의 재해가 되어 사람들을 괴롭힌다.

같은 비라도 지역이나 상황에 따라서는 정반대의 의미를 지닌다.

하지만 어쨌거나 비는 비일 뿐이고, 어디까지나 비에 불과하다.

본질은—— 같다.

그 차이는 자신들이 받아들이는 방식.

이쪽에게 좋은 것인지, 나쁜 것인지.

『저주』와 『축복』.

『마왕의 저주』와 『성검』——

"아, 죄송합니다. 그저 저희 조국에서는 이런 이야기도 있다는, 그 정도의 생각이었습니다."

더 이상 뭐라 할 말이 없는지, 나기가 미안해하며 말했다.

"……아냐. 고마워, 나기. 정말 큰 공부가 됐어."

"아닙니다, 무슨…… 도움이 되셨다면 영광입니다."

고개를 숙이는 시온을 보며 황급히 손을 젓는 나기.

그리고 그때.

"똑똑~!"

입으로 문 두드리는 소리를 내며, 페이나가 들어왔다.

"시 님, 나기, 밥 다 됐어~. 아르셰라랑 이브리스도 돌아왔으니까, 슬슬 밥 먹자~."

오늘 식사 당번은 페이나였다.

페이나의 요리를 한마디로 표현하자면 야성적, 이라고 해야겠지.

오늘 메뉴는 숲에서 잡아 온 짐승 고기를 대담하게 자르고 향초나 소금과 후추로 간을 해서 구운 것과, 고기를 발라내고 남은 뼈를 푹 우려서 만든 수프였다.

양이 약간 많다는 점과 식당의 분위기와 전혀 어울리지 않는다는 점이 옥에 티지만, 요리 자체는 불만을 가질 수 없는 맛이었다.

고기 위주의 메뉴가 차려져 있는 식탁 앞에, 시온을 비롯한 다섯 명이 자리에 앉았을 때,

"헤헤헤~ 사실은, 좋은 선물이 있거든."

신이 난 것처럼 중얼거리면서, 이브리스가 병을 하나 꺼냈다. 코르크 뚜껑이 박혀 있는 투명한 용기 안에, 다갈색 액체가 들어 있다.

"뭐야 그건?"

"브랜디입니다. 저도 자세한 건 모르지만, 꽤 고급이라는 것 같더라고요."

이브리스가 기분 좋게 말했다.

브랜디라는 건 한눈에 보고 알았다. 시온이 원했던 대답은 그것을 입수한 경위에 대한 설명이었는데—— 그 궁금한 부분에 대해서는,

"실은 바탐 시내에서, 우연히 소매치기 사건과 마주쳤습니다."

아르셰라가 설명해줬다.

"그냥 지나칠 수도 없다는 생각에 저희 둘이서 범인을 붙잡았고, 헌병에게 넘겼습니다. 도와준 상대는 귀족 노부부였는데, 굳

이 사례를 하고 싶다고 하셨고…… 결국 그 브랜디를 받게 됐습니다."

"흐음. 그렇게 된 건가."

바탐은 귀족들의 도시다.

비스테아 같은 곳과 비교하면 압도적으로 치안이 좋은 곳이지만, 그러다 보니 그 치안 상태를 과신하는 사람들도 많다는 것 같다.

사람들의 출입이 많은 상업지구에 가는 귀족들은, 절도범 입장에서는 아주 좋은 먹잇감이겠지.

"이히히. 이게 대체 얼마 만에 보는 술이야~."

"어~ 좋겠다. 이브리스 혼자만, 치사해~."

"혼자 마신다고 한 적 없거든. 이거 말고도 와인도 대여섯 병 받아왔어. 다 같이 마시자고."

"진짜!? 신난다! 그럼, 내가 훈제 고기랑 치즈 가지고 올게!"

신이 나서 안주를 준비하기 시작하는 이브리스와 페이나였는데,

"잠깐만요, 두 사람. 술은 안 돼요."

아르셰라가 딱딱한 목소리로 말했다.

"메이드가 주인님 앞에서 술을 마시다니, 용납할 리가 없겠죠?"

"아르셰라 말이 맞다."

나기도 동의했다.

"아무리 나리마님이 상냥하고 관대하신 분이라고 해도, 너희는 과하게 방종하다. 가신으로서 분수를 알아야 한다."

"'뭐야…….'"

꾸중을 들은 두 사람은 마음에 안 든다는 것처럼 입을 삐죽 내밀었는데,

"난 상관없어."

시온이 그렇게 말하자, 단번에 눈이 번쩍거렸다.

"정말이야, 시 님?!"

"기껏 선물로 주신 물건이잖아. 안 마시면 너무 아깝지."

"야호~ 시 님 정말 좋아!"

"역시 도련님이라니까, 뭘 좀 안단 말이야."

페이나와 이브리스 두 사람은 쾌재를 지르며 술판을 벌일 준비를 재개했다.

"……괜찮으시겠습니까, 나기 님."

"그래. 아르셰라도 나기도, 난 신경 쓸 것 없어. 마시고 싶으면 마셔도 돼."

"하지만…… 시온 님은 안 드시잖아요?"

"음."

시온은 술을 싫어했다.

못 마신다기보다는, 마셔본 경험이 거의 없다.

로가나 왕국에는 술을 마셔도 되는 나이에 관한 법률이 존재하지 않기 때문에, 나이 때문에 못 마시는 것도 아니다.

그저 단순하게 술의 맛이 싫었다.

관심이 가서 살짝 입에 대본 경험은 있는데, 도저히 맛있다고 생각할 수가 없었다.

"……나리마님이 드시지 않는데, 저희만 마실 수는 없습니다."

"신경 쓰지 말라고 했잖아."

불안해하는 나기에게, 시온이 세게 말했다.

"날 생각해주는 마음은 고맙지만…… 너희가 내 눈치를 보면서 하고 싶은 것도 못 하게 만드는 주인이 되고 싶지는 않아."

"……나리마님이 그렇게까지 말씀하신다면."

"……그렇군요."

음주 반대파였던 나기와 아르셰라도, 얼굴을 마주 보며 살짝 고개를 끄덕였다. 사실은 이 두 사람도 마시고 싶었던 건지도 모른다.

가벼운 생각으로 음주를 권해버린 시온.

하지만── 이 때, 시온은 모르고 있었다.

깊이 생각하지도 않고 권해버린 음주 때문에, 무슨 일이 벌어지게 될지──

술이라는 말을 들은 시온이 떠올린 것은, 예전의 동료들이었다.

마왕 토벌을 위해서 파견된 용사 파티.

용사인 시온과 검사 레비우스.

그 외에도 무투가, 마술사, 신관이라는 세 명의 동료가 있었다.

아니.

엄밀히 따지자면 동료가 아니었는지도 모른다.

그 세 사람은 시온을 동료라고 생각하지도 않았던 것 같고, 솔직히 말해서 시온 자신도 그 세 명에 대해 그다지 호의적인 감정은 지니지 않았었다.

실력은 있지만 인격적인 부분이 완전히 파탄 난 자들을, 위쪽에서 억지로 떠넘긴 것 같은 모양이었다.

무투가는 색을 엄청나게 밝히고, 신관은 상습적인 자살 미수.

그리고 마술사는── 주정뱅이었다.

항상 뭔가 술을 마시고 있었고, 술에 취하지 않으면 마술을 제대로 발동하지도 못하는, 극도의 알코올 중독자였다.

파티 멤버 중에 한 사람이 그런 어른이었던 것도, 시온이 술을 싫어하게 된 원인 중의 하나였을 것이다. 맛도 싫지만, 그것보다 『술에 취해 있는 어른』이라는 것이 너무나 꼴사납게 보였다.

그리고── 지금.

시온은 조금 더, 술이 싫어질 것 같다.

"예~이, 이브리스으!"

"……예~이, 페이나아!"

술을 좋아했던 것 같은 두 사람이 이상한 구호를 외치면서 서로의 잔을 부딪쳐 소리를 울렸다. 벌써 몇 번째인지도 모를 건배였다.

"아하하, 역시 술은 좋다니까. 속이 뜨거워지고 기분이 달아오른다고 할까…… 아하하하하~!"

계속 기분 좋게 웃으면서 고기 요리와 술을 번갈아 가며 즐기는 페이나.

"…………헉! 아냐, 안 잤어! 나 안 잤다고! 나 아직 더 마실 거야!"

술을 마시면 금세 잠들어버리는 타입인 것 같은 이브리스는 잠깐 정신을 잃었던 것 같지만, 열심히 고개를 흔들고는 다시 술을 입에 가져가서 잔을 비워버렸다.

"……흥. 정말 시끄러운 놈들이군. 술이란 조용히 즐겨야 하는 법이거늘."

나기의 말투는 평소와 똑같았지만, 그 얼굴은 상당히 빨개져 있었다.

잔이 비면 병을 들고 직접 자기 잔에 콸콸콸 따른다. 평소의 초조한 나기답지 않은, 대담하고 거친 태도였다.

"잠깐만 나기, 당신 너무 마신 게 아닌가요?"

"뭣이…… 아르셰라, 네넘, 날 모욕할 셈인 것인그아? 이 내, 내그아, 술에 취했다는 말이냐아? 이 나기 슈텐 아마쿠사, 내가 술을 마쉬면 마셨지, 술을 날 마쉬는 일은……!"

"그래, 그래, 알았어, 알았다고."

혀가 꼬이기 시작하는 나기를 대충 처리하고, 아르셰라는 우아한 손놀림으로 잔을 입으로 가져갔다. 다른 세 사람과 비교하면 상당히 차분한 태도로 보이지만——

"하아…… 왠지, 몸이 뜨거워지네에……. 그냥 옷을 확 벗어버릴까?"

……아니.

아르셰라도 상당히 취기가 올라온 것 같았다.

'뭐, 뭐야, 이 상황은……?'

시온은 그저 곤혹스러울 뿐이었다.

취했다.

네 명 다 완전히 취했다.

별생각 없이 메이드들의 음주를 허락한 때로부터 약 두 시간.

그녀들은 술병을 차례로 비워버렸다.

도수가 꽤 센 술인 것 같은데, 상당히 빠른 페이스로 마셔대고 있다. 처음에는 조심스러워 하던 아르셰라와 나기까지 어느새 팍팍 마시고 있었다.

'이 녀석들, 취하면 이렇게 되는 건가……?'

인격이 극적으로 변해버려서 날뛰는 이는 없었지만, 하나같이 아주 화끈하게 취해버렸다.

볼은 빨개지고, 눈은 풀어져서 촉촉해지고, 옷매무새나 자세는 칠칠맞은 꼴이 되고, 목소리도 어딘가 응석을 부리는 것 같은── 뭐라고 할까, 하나같이 평소보다 30% 정도는 더 선정적으로 보이고 있다.

어린 소년에게는 어디를 봐야 좋을지 모를 광경이었다.

'……그래, 뭐, 괜찮겠지. 어쩌다 있는 일이니까.'

간만의 휴식을 방해하는 것도 미안하다는 생각에…… 라기보다는, 술에 취한 연상 여성과 엮이는 것이 약간 무서웠기 때문에, 시온은 메이드들을 방치하고 구석에서 가만히 있으려고 했는데──

"예~이! 시 니임!"

당연하다고나 할까, 술에 취한 누나 네 명이 시온을 그냥 두지 않았다.

"이예~이! 시 님, 신나게 마시고 있어?"

한 손에 잔을 들고서 밝은 목소리로 말하며, 페이나가 아양 떠는 것처럼 시온을 끌어안았다.

"어라~? 하나도 안 마셨잖아~."

"……나, 나는, 술은 안 마신다고 했잖아."

"아~ 그랬던가? 뭐, 아무려면 어때. 신나게 즐기자고~!"

"이, 이봐…… 너무, 달라붙지 말라고!"

"아하하. 뭐 어때, 괜찮잖아. 술자리니까."

"술을 핑계로 삼지 마라. 솔직히 넌 평소에도 이랬……."

"우…… 그렇게 말하면, 평소보다 더 화끈하게 해버릴까~? 에잇, 에잇~"

짓궂은 미소를 지으며, 페이나가 시온의 목을 끌어안고 얼굴을 자기 가슴에 눌러댔다. 뺨에 풍만하고 부드러운 덩어리의 감촉을 느끼며, 시온은 버둥대고 말았다.

"바, 바보야! 하지 마!"

"아하하, 시 님~ 귀엽다~. 진짜 창피해하네에."

"큭……! 이, 이거 놔라!"

평소보다 30%는 더 과격해진 스킨십에서, 시온은 간신히 도망쳤다.

서둘러 그 자리에서 이탈하려고 했지만——

"——으억?!"

바닥에 있던 뭔가에 발이 걸려서 넘어지고 말았다.

"응아아앙? 도련님……?"

"이브리스……?"

발에 걸린 것은, 어느 샌가 바닥에 누워서 자고 있던 이브리스
였던 것 같다.

"……헉! 아, 안 잤어! 안 잤거든요?! 전 아직 더 마실 수 있거
든요!"

"아, 알았다. 알았으니까……."

"안 잤으니까 안 잔거라고, 그러니까, 그게…… 으…… 아……
쿨~."

"뭐야! 저기…… 으, 으아아아!"

필사적으로 안 잤다고 우기고는 있지만 점점 몸이 비틀거렸고,
마지막에는 결국 시온 쪽으로 쓰러져서 잠들고 말았다.

두 사람은 뒤엉킨 모양으로 바닥에 넘어지고 말았다.

"이, 이봐! 이브리스! 자지 마!"

"아…… 기분 좋다, 이 안는 베개에……."

"난 안는 베개가…… 으윽! 이, 이상한 데 만지지 말라고!"

"어응? 뭐지 이, 말랑한 거……? 맛있겠다……."

"히악! 하, 하지 마! 귀, 귀를 물고 빨고 하지 말라고오!"

제정신이 아닌 이브리스는, 시온을 완전히 장난감처럼 취급하고
있었다. 갈색 미녀한테 안겨서, 꼼짝도 못 하게 돼버렸는데——

"……작작 좀 해라."

나기가 낮은 목소리로 말한 것과 동시에 이브리스의 발을 힘으

로 풀어버렸고, 억지로 시온한테 떼어내서는 내던져버렸다.

이브리스는 바닥에서 데굴데굴 굴러간 뒤에, 그대로 새근새근 잠들어버리고 말았다.

"흥. 여전히 조신함이라고는 찾아볼 수도 없는 놈이다."

"……고, 고마워, 나기. 덕분에——."

시온은 고맙다는 말을 하려고 했는데, 그 순간, 위화감을 느꼈다.

나기의 눈이—— 완전히 풀어져 있었다.

한 곳을 보는 것 같으면서도 반대로 아무 데도 안 보는 것 같은 공허한 눈.

한눈에 봐도 평소와 완전히 달랐다.

"정말이지…… 이놈이고 저놈이고, 여, 여즈아로서의 품위라는 거시…… 딸꾹. 으으, 꿀꺽, 꿀꺽, 꿀꺽."

혀가 꼬인 발음으로 말하면서, 손에 들고 있는 와인 병을 입에 대고는 그대로 마셔버렸다.

품위라고는 찾아볼 수 없는 술 마시는 모습이었다.

"꿀꺽, 꿀꺽…… 크하~."

병을 다 비워버리더니, 나기는 빈 병을 대충 던져 버렸다.

그리고는 시온을 똑바로 쳐다봤다.

평소와 전혀 다른 공허한 눈이 쳐다보자, 말로 표현할 수 없는 공포가 시온을 덮쳐왔다.

"나리마님."

"뭐, 뭔데……?"

"······나, 나, 나리마니이이이이임!"

갑자기, 뜬금없이── 나기가 시온을 끌어안았다.

두 손을 나기의 몸에 두르고, 힘껏 꼬옥 끌어안았다.

"어? 어? 어어?"

갑작스런 일에, 시온은 영문을 알 수가 없었다.

'나, 나기가 날 끌어안았어······?'

다른 사람도 아닌 나기가 끌어안았다는 사실에, 시온은 경악을 금할 수가 없었다.

다른 세 사람은 평소에도 스킨십이 심해서, 끌어안거나 몸을 들이대는 일이 여러 번 있었지만, 나기가 이렇게 끌어안는 건 처음 있는 일이었다.

강한 정조 관념을 지닌 나기는, 시온에게 불필요하게 접촉하는 것을 피하고 있다.

다른 세 사람이 시온을 놀리려고 할 때, 제일 먼저 말리는 것이 나기의 역할이었다.

그런 나기가, 지금, 자신을 꼭 끌어안고 있다.

시온에게는 너무나 신선한 일이었고, 그리고 충격적인 일이었다.

"나리마니임······ 부디, 부디 용서를······."

"나기······."

"아아, 이, 이것이, 나리마님을 안는 느낌······!"

너무나 감격한 목소리로, 나기가 말했다.

"······사, 사실은, 저도 계속 이렇게 해보고 싶었습니다. 작고 귀여운 나리마님을, 품어보고 싶었습니다……! 아르셰라나 페이나를 『파렴치하다』 『불경의 극치다』라고 나무라는 한편으로……
사실은 저도, 나리마님을 제 마음대로 하고 싶었습니다……!"

"그, 그랬구나……."

어떻게 반응해야 좋을지 너무나 곤란한 시온. 마음속에 숨겨두고 있던 감정을 터트려준 자체는 기쁜 것도 같지만, 아무래도 뭐라고 대답해야 좋을지 곤란해지는 이야기다.

"흑흑…… 나리마님, 나기는, 나기는 글러 먹은 계집입니다아! 평소에는 열심히 멋진 척을 하고 있지만, 사실은 완전히 글러 먹었습니다아. 품위네 기품이네 떠들고 있지만, 마음속은 욕망으로 뒤범벅이 된 암퇘지입니다아! 으아아아아앙!"

이번에는 큰 소리로 울기 시작했다.

'와, 완전히 정서불안이잖아…….'

시온이 감정의 격차를 따라가지 못해서 너무나 곤란해하고 있는데──

"시온 님, 이쪽으로."

아르셰라가 손을 잡고서 나기한테서 떼어내 줬다. 혼자서 흥분해 있던 나기는 시온이 없어진 것도 모르고 엉엉 울고 있는 것 같다.

"괜찮으십니까, 나기 님?"

"그, 그래, 괜찮…… 지는 않은 것도 같은데."

술에 취한 메이드들에 의한 연속 공격과, 방 안에 가득 차 있는 술 냄새.

정신은 거의 한계에 가까웠다.

"설마, 술 때문에 이렇게까지 큰일이 날 줄이야……."

"오랜만에 술을 마시다 보니, 다들 너무 흥분해버린 것 같군요."

"……아르셰라는 괜찮은 거야?"

"제가 술에 빠져버리는 일은 없습니다. 언제 어느 때건 메이드로서의 본분을 다할 수 있도록, 확실하게 절도를 지키면서 마시고 있습니다."

경계하면서 물었더니 아르셰라가 담담하게 말했다.

시온은 안심해서 가슴을 쓸어내렸다.

'역시 메이드 장, 이라고 해야 하나.'

자제심과 책임감 같은 부분이 다른 세 명보다 강한 것 같았다.

"시온 님, 저 셋의 폭주에 어울리시느라 피곤하시죠? 여기 물입니다."

"아, 그래. 미안해."

"땀도 나지는 않으셨나요? 술 냄새도 밴 것 같으니까, 옷도 당장 벗으시는 게 좋을 것 같습니다."

"응, 그렇겠지."

"익숙하지 않은 일 때문에 피곤하시지요? 잠자리는 이미 준비해뒀으니, 제 방에서 같이 아침까지……."

"그래, 피곤하네. 아침까지 네 방에서—— 아냐, 잠, 잠깐만!"

웃옷에 이어 셔츠까지 벗겨지고 반바지까지 벗기려고 했을 때, 시온이 당황해서 따지고 들었다.

"이게 대체 무슨 일인데? 그리고 왜 너까지 옷을 벗기 시작한 거야?!"

아르셰라는 시온의 옷을 벗기는 동시에, 재주도 좋게 자기 메이드복까지 벗기 시작하고 있었다. 윗옷을 반쯤 벗은 상태가 되면서, 풍만한 유방이 지금이라도 드러나려 하고 있다.

"그건, 그러니까…… 그만 몸이 뜨거워져 버려서?"

"왜 의문형인데……?"

"그러니까, 서둘러 시온 님과, 살과 살을 맞대서 덥힐 필요가 있을 것 같아서……."

"왜 뜨겁다면서 더 덥히는 건데?"

"……아앙, 시온 님. 저, 취해버렸어요."

"갑자기 너무 엉터리잖아!"

메이드복을 벗으면서 다가오는 아르셰라를, 당황해서 회피했다.

'감탄했던 내가 바보였어!'

역시 메이드장이라고 생각했던 일을 크게 후회하는 시온.

"앙. 어째서 도망치시는 건가요?"

"당연히 도망쳐야지……. 아르셰라. 너도 꽤 취한 거야?"

"우후후. 어떨까요? 그렇게까지 정신이 명료한 건 아니지만…… 저는 술이 들어가면, 뭐라고 할까…… 몸이 달아오르고 스위치가 켜지는 타입이랍니다."

옷을 반쯤 벗은 채, 요염한 눈빛으로 바라본다. 술 때문에 볼이 발그레해진 탓인지, 평소보다 더 선정적으로 보였다.

"실은…… 당장이라도 이성이 날아가 버릴 것 같은 감각이군요."

"그거 상당히 위험한 상황 아닌가?"

한마디 하는 시온.

아르셰라한테서 이성이 날아가 버리면…… 왠지, 말도 안 되는 것만 남을 것만 같은 기분이 들었다.

"자, 시온 님……!"

"이, 이 바보야, 그만 좀 하라고!"

엄청난 색기를 발산하기 시작한 아르셰라한테서 황급히 도망치는 시온.

"……정말이지, 이놈이고 저놈이고."

깊은 한숨을 내쉬었다. 이상한 방향으로 폭주하기 시작한 메이드들과, 방 안에 충만해 있는 농후한 술 냄새. 다양한 요소들이 시온의 정신을 갉아먹고 있다.

'왠지, 머리가 어지러운데…….'

기분전환을 하려고, 시온은 식탁 뒤에 있는 잔을 손에 집었다. 그리고—— 단숨에 들이켰다.

"……아. 시, 시온 님."

아르셰라가 당황한 목소리를 냈다.

"그건 제가 마시던 브랜디입니다!"

"……뭐? 으…… 으윽……."

물인 줄 알고 마셨던 잔이, 아르셰라가 마시던 술이었던 것 같다. 아르셰라가 얼음을 넣어서 홀짝홀짝 마시던 술을, 하필이면 시온이 기세를 타고 단숨에 마셔버린 것이다.

"……으, 으윽……."

도수가 센 알코올이 목을 태우고 위 속으로 떨어지는 독특한 감각이 시온을 괴롭혔다.

안 그래도 술 냄새 때문에 힘들던 상황.

거기에, 마무리라는 것처럼 대량의 알코올을 섭취.

시온의 기억은── 거기서 끊어졌다.

"괘, 괜찮으십니까, 시온 님?"

몸이 비틀거리는 주인에게, 아르셰라가 황급히 뛰어왔다.

아무리 취했다고는 해도, 급한 상황에서 적절한 행동을 취할 만큼의 이성은 남겨둘 수 있도록 양을 조절해서 마시고 있었다.

주인의 위기에 반응할 수 있을 정도는.

그것은 다른 세 명도 마찬가지였는지,

"뭐야 시 님, 괜찮아?"

"뭔데, 도련님이 어쨌는데?"

"나리마님이 술을 드셔버리신 것 같다."

주인의 이변을 감지하자마자 페이나, 이브리스, 나기 세 명도 시온 곁으로 모여 들었다.

"시온 님…… 어쩌죠. 일단 물을……."

"……괘, 괜찮아."

곤혹스러워하는 아르셰라에게, 시온이 힘없는 목소리로 말했다.

"난 문제 없어……."

"저, 정말이신가요? 아아, 다행이다."

"문제, 없는, 정도 가, 아니라……."

시온이 말했다.

새빨간 얼굴로, 활짝 웃으면서.

"아~~주, 아주 기분이 좋아. 아하하, 아하하하……."

힘이 빠진, 칠칠맞은 웃음.

항상 단정한 태도를 중시하고, 평소에도 복잡한 표정을 짓는 경우가 많은 시온에게는 있을 수 없는 웃는 모습이었다.

"후후후. 아하하, 아하하."

"아, 저, 저기…… 시온 님? 저, 정말로 괜찮으신 건가요?"

"뭐? 괜찮아. 당연히 괜찮지. 내가 당연하다고 하면 괜찮은 게 아니겠어?"

"그, 그렇긴 합니다만……."

"흐음. 이것이 알코올에 의한 취기인가. 그래, 참으로 흥미로워. 몸이 뜨거워지면서 기분이 고양되고, 그러면서 사고가 점점 둔해지네. 뇌 활동이 점점 나빠지고 있어! 아하하하. 그렇구나, 그래서 어른들이 술을 마시는구나! 이렇게 바보가 돼서 세상의 괴로운 일에서 도피하고 싶은 거구나! 아하하! 그렇구나, 이게 알코올인가! 아주 좋아! 으아하하하하!"

"…………."

비틀거리면서, 어울리지 않게 큰 소리로 웃는 데다 이상하게 말이 많아진 시온.

아르셰라는 더 이상 할 말이 없었다.

다른 세 사람도 마찬가지.

지금껏 본 적이 없을 정도로 텐션이 올라가 있는 소년을, 뭐라 표현할 방법이 없는 표정으로 지켜보는 수밖에 없었다.

"……이런~ 완전히 취해버렸네, 시 님."

"나리마님은 술 따위는 드신 적이 없으셨을 테니까. 내성도 전혀 없었겠지. 아아, 가여우셔라……."

"흐아~. 어떻게 하지, 이거?"

어떻게 대처해야 좋을지 난처해하는 메이드들.

그런 네 명의 걱정은 무시하고, 술에 취한 시온은 혼자서 폭주했다.

"으…… 뭔데 너희들, 그 반항적인 눈빛은?"

풀어지는 눈으로 메이드들을 둘러보며, 생트집을 잡았다.

"그거네, 지금 날 무시하는 거지?"

"아닙니다, 시온 님…… 저희는 전혀——."

"아~니, 무시하고 있어! 틀림없어! 니들 거기 앉아!"

아르셰라의 반론은 들은 첫도 안 하고, 시온은 메이드들에게 의자에 앉으라고 했다.

"솔직히 말이야, 너희들 항상 날 너무 가지고 논단 말이야. 맨날 날 어린애 취급하고, 놀리고…… 그래, 얼마 전에도——."

쫑알쫑알 잔소리를 시작해버린 시온 앞에서, 메이드들은 도저히 말로 표현할 수 없는 표정을 지었다. 특히 페이나와 이브리스는 노골적으로 질력이 난다는 얼굴이었다.

"……으아~ 시 님은 취하면 잔소리하는 타입이었어?"

"……미치게 귀찮네. 난 듣는 척하면서 잘래. 페이나, 뒤에서 내 몸 좀 받쳐줘."

"뭐라고?! 뭐야, 치사해 이브리스!"

자기도 모르게 큰 소리를 내버린 페이나에게,

"──으응?"

시온이 물고 늘어졌다.

"으아, 이런……."

"야 페이나. 내 말 듣고 있냐?"

"드, 듣고 있어요, 듣고 있다고요."

"정말이지…… 넌 허구한 날 장난만 치고 말이야. 내 얘기는 제대로 듣지도 않고, 끌어안고, 귀에 숨을 불고…… 넌 왜 항상 그렇게 날 놀려대는 건데?"

"아니…… 뭐, 그건 역시, 시 님 반응이 재미있어서~?"

"으……."

"후훗. 시 님도 말이야, 어쩌고저쩌고하면서도 좋아하는 거 아냐? 내가 놀려주면, 사실은 즐거운 거지?"

평소처럼 놀리는 페이나.

평소 같으면 여기서,

『바, 바보야! 하나도 안 기뻐』

그렇게, 시온이 발끈해서 반론을 하면서 이야기가 끝난다.

평소에 항상 그래왔던 패턴.

하지만──

"……그래."

지금의 시온은, 생각도 못 한 방향으로 반응했다.

"그래, 네 말이 맞다."

"헤?"

"난── 기뻐한단 말이다! 페이나, 네가 놀리면…… 창피하고, 분해야 하는데…… 왠지 기쁘단 말이야!"

"……뭐, 뭐어?!"

큰 소리로 엄청난 소리를 해버리자, 이번에는 페이나가 얼굴이 새빨개졌다.

"무, 무슨 이상한 소리를 하는 거야, 시 님……?"

"이상해……? 페이나…… 나도 남자거든? 너같이 예쁜 여성이 만져주고 안아주고 하면…… 어느 정도는 기뻐하는 게 당연한 일 아니겠냐."

"예, 예쁜 여성이라니…… 아, 아하하. 그, 그래, 그렇구나~, 시 님은 나 보면서 두근두근하는 거구나~? 여자로 봐주는 거였구나~."

페이나는 필사적으로, 필사적으로 평소처럼 대하려고 했지만,

"그래, 난 널 보면서 두근두근하고 있다."

시온은 멈추지 않았다.

상대를 똑바로 바라보며, 듣기만 해도 창피해지는 낯간지러운 말들을 계속 늘어놨다.

"당연히 여자로 보지 않겠어? 너처럼 예쁘고 귀여운 녀석을, 여자로 의식하지 않을 리가 없잖아."

"뭐, 뭐……."

"몸매도 아주 훌륭해. 군살이라고는 하나도 없는 날씬하고 예쁜 다리가 정말 아름답다고 생각하지. 잘록한 허리에서 허벅지로 이어지는 라인은 이상한 의미에서가 아니라, 일종의 예술과도 같은 완성된 아름다움이 있지."

"아니, 저기…… 자, 잠깐만."

"그리고, 난 페이나 웃는 얼굴이 좋아. 천진난만한 웃는 얼굴을 보기만 해도 힘이 나거든. 가끔씩 보이는 덧니도 아주 매력적이고——."

"……이, 이제 그만, 시 님……. 아, 안 된다니까…… 그렇게 똑바로 바라보면서 칭찬해주면, 안 돼에……."

페이나는 두 손으로 얼굴을 가리면서 고개를 숙여버렸다. 손가락 틈새로 보이는 얼굴은, 알코올 때문이 아니라 다른 이유 때문에 새빨갛게 물들어 있었다.

너무 직설적으로 칭찬하는 말들을 연속으로 늘어놓은 탓에, 페이나의 수치심이 한계에 도달해버린 것 같다.

"시, 시온 님!"

시온답지 않게 줄줄이 늘어놓는 칭찬하는 말에, 아르셰라가 물고 늘어졌다.

"어째서 페이나만, 그렇게 부러운 찬사들을……. 설마 시온 님은, 페이나한테만 특별한 감정을——."

"무슨 소리야. 너도 최고라고, 아르셰라!"

불안해하는 아르셰라에게, 시온이 있는 힘껏 선언했다.

여전히 풀린 눈으로, 비틀거리는 몸으로.

하지만 목소리만은 진지했다.

"아르셰라…… 넌 아무것도 몰라. 자신이 얼마나 극상급의 여자인지…… 그리고 네 색향이, 날 얼마나 현혹하고 있는지……."

"예, 예에?!"

"네 표정, 몸짓, 육체, 냄새…… 그 모든 것들이 너무나 매력적이라서, 관능적이라서, 난 안 된다는 걸 알면서도 엄청나게 흥분해버리고…… 하지만."

"하, 하지만?"

"흥분하기는 하지만…… 이상하게, 왠지 침착해지는 기분도 있어. 모순되는 것 같지만 말이야, 아르셰라. 네가 곁에 있으면 흥분되기는 하지만 침착해지는 게…… 말로 표현하기는 힘들지만, 뭐랄까…… 그러니까, 아주 행복한 기분이 들어."

"……윽."

"아르셰라의 미모, 고귀함, 기특함…… 그리고, 그, 야, 야한 부분…… 그 모든 것들이, 항상 날 행복하게 해주고 있다고."

"~~~?! 아, 안 돼요, 시온 님…… 그, 그런 말씀을 해주시면, 저는 더 이상……."

흐물흐물 바닥에 주저앉아버리는 아르셰라.

술을 마셔도 크게 취하지 않았던 아르셰라가, 나이 어린 소녀처럼 쑥스러워하면서 얼굴이 새빨개지고 말았다.

"……이거 아주 난리가 났네."

"으, 으음."

남은 이브리스와 나기 두 사람이 서로 얼굴을 마주봤다.

"아무래도 우리 도련님은—— 취하면 무지무지 솔직해지는 타입인 것 같다."

"……바꿔서 말하자면, 술 취한 김에 속내를 털어놓는 것뿐일 수도 있지만…… 뭐, 뭐라고 할까."

"그래…… 진심이 좀 너무 순수해서…… 거의 독 같은 수준이다."

뭐라 표현할 수 없는 표정이 돼버린 두 사람. 창피함과 떨떠름한 기분이 뒤섞인 것 같은, 아주 복잡한 표정이었다.

시온 터레스크.

그는 취해버리면—— 진심을 털어놓는 타입이었다.

하지만 그 진심은 결코 더럽고 추한 것이 아니고, 오히려 너무나 예쁘고 순수했다.

신경질적인 데다 자존심이 세고, 그리고 어른인 척하고 싶은 어린아이의 마음 때문에, 평소에는 계속 감춰왔던 진심이—— 지금, 술의 힘에 의해서 훤히 드러나려 하고 있다.

"……아무래도, 우리도 각오해두는 게 좋을 것 같다."

입을 꾹 다물고, 의연한 태도를 보이는 나기.

그런 나기를, 시온이 공허한 눈으로 조준했다.

"나기……."

"……큭. 지, 질 수는 없다……! 나는, 나리마님의 찬미 따위에는 절대로 굴하지 않는다!"

"넌, 정말 아름다운 검은 머리카락을 가지고 있구나."

"……몰라요옹."

"너무 약한 거 아냐, 너?!"

단번에 농락당한 나기에게 있는 힘껏 딴죽을 거는 이브리스.

"야, 뭐야, 정신 차려, 나기이……."

"으으, 이브리스…… 칭찬받았다. 나리마님이 머리카락을 칭찬해주셨다."

"……뭐야, 머리카락 따위를 칭찬해준 게, 뭐가 그렇게 기쁜 건데?"

"머, 멍청한 것! 머리카락이란 즉 여자의 모든 것이 아닌가! 우리 조국에서는 『머리카락은 여자의 생명』이라는 말도 있다! 머리카락을 칭찬한다는 것은, 즉 존재 자체를 전부 긍정하는 것이나 마찬가지…… 한마디로 나리마님은 나를…… 에헤헤. 에헤헤헤~."

"너…… 아직 술기운이 남아 있는 거지."

너무나 행복한 미소를 지으며 쓰러져버리는 나기.

"이거 큰일이네……."

마지막으로 남은 이브리스는, 공포심에 사로잡혀서 이 술기운으로 가득 찬 공간에서 도망치려고 시도했지만── 그 행동은, 너무나 늦은 것이었다.

"으음. 이브리스. 어딜 가려는 거지?"

다른 세 사람이 누워 있는 상태에서 도망치려고 하다 보니 너무 눈에 띄어서, 시온한테 딱 걸리고 말았다.

"아, 저기, 그게."

"정말이지…… 이브리스. 너란 녀석은 항상, 항상 게으름만 피우고, 일은 농땡이 피우고…… 좀 더 양식 있게 행동하는 게 어때?"

"……아, 뭐야, 다행이다. 나한테는 항상 하던 잔소리——."

평소와 다름없는 잔소리에, 이브리스는 안심해서 가슴을 쓸어내렸지만,

"하지만 나는, 그런 네 매력을 잔뜩 알고 있어."

"——어그윽?!"

일단 안심한 순간에 불의의 공격이 날아왔다.

"분명히 너는 농땡이만 피우고 일은 적당히 하는 때가 많지만…… 정말로 중요한 일만은 제대로 하고 있고, 마음만 먹으면 뭐든지 잘할 수 있는 녀석이니까."

"아니, 저기……."

"아무 데서나 낮잠을 자는 건 좀 그렇지만…… 솔직히 말하자면 난, 네 자는 얼굴을 보는 것도 나쁘지 않아. 이브리스 자는 얼굴은, 꽤, 귀여우니까."

"므어?! 저, 저기…… 귀, 귀엽다고 하지 마세요……."

"으음? 어째서? 귀여운 걸 귀엽다고 하는 게 뭐가 문젠데?"

"……저기, 그러니까."

"항상 나른해 보이고, 나쁜 척하고, 무뚝뚝하고…… 하지만, 난 알고 있어. 진짜 이브리스는 상냥하고 솔직한 여자고, 그리고 정말 귀여워.

"…………지, 진짜로 그만 하세요."

이브리스도 격침. 얼굴을 가리고 그 자리에 주저앉고 말았다.

겹겹이 쌓인 시체들——

술이 만들어낸 『초 솔직 시온』이라는 괴물에 의해, 메이드 네 명이 순식간에 빈껍데기 같은 꼴이 돼버리고 말았다.

하지만 정말로 무서운 것은, 괴물 본인은 자신이 지닌 흉포함과 살상력에 대해 전혀 자각하지 못하고 있다.

"음…… 뭐냐, 너희들…… 주인인 내가 말하고 있는데, 왜 자고 있는 거야? 내 얘기는 아직 안 끝났는데?"

불만이라는 것처럼 주위를 둘러보는 괴물.

"난 아직 할 말이 한참 남았거든……? 아니, 어쩌면, 아무리 말을 해도 다 전하지 못할지도 모르겠네. 너희가 얼마나 매력적인 여자인지, 그리고 내가, 너희가 얼마나 훌륭하다고 생각하는지 말이야……?"

녹아버릴 것처럼 달콤한 대사. 이미 격침당한 메이드들은 거듭되는 추가 공격에 괴로워하고, 그 괴로움 때문에 더더욱 몸부림치고 있지만, 그래도 괴물은 멈추지 않았다.

"난 말이야…… 너희랑 있으면, 매일매일 너무나 즐거워! 정말 행복하다고! 난 너희들이…… 정말 좋단 말이드아아아아아아아!"

그런 영혼의 외침을 지른 뒤에, 뚝, 하고 실이 끊어진 것처럼, 시온이 정신을 잃었다. 바닥에 쓰러지고, 그대로 새근새근 잠들고 말았다.

『………….』

메이드 네 명은 아무 말이 없다. 아무 말도 할 수가 없다. 그저 수치심 때문에 얼굴이 새빨개진 채로 바닥에 엎드려 있다.

술 냄새가 넘쳐나던 공간이 지금은 뭔가 다른, 술보다 더 취하게 만드는, 달콤한 뭔가로 가득 차 있었다.

다음 날 아침——

시온은 자기 방 침대에서 눈을 떴다.

"……어? 음~."

"안녕히 주무셨습니까, 시온 님."

몸을 일으키자 아르셰라가 옆에 있었다.

게다가 나머지 세 명도 방에 있었다.

'……어라? 왠지 머리가 띵~ 한데.'

두통이라고 할 정도는 아니지만 머리에 약간의 위화감이 있고, 몸이 조금 나른한 기분이 들었다.

"괜찮으시다면 물을 드시죠."

"그, 그래. 고마워……."

아르셰라가 건넨 물 잔을 받아들고, 단숨에 마셔버렸다.

"그나저나 웬일이야, 넷이 다 같이."

"시 님이 걱정돼서 보러 왔어. 어제, 그렇게 잠들어버렸으니까."

"그렇게……?"

페이나의 말에, 시온은 어젯밤의 기억을 더듬었다.

하지만——

'새, 생각이 안 나……. 어라? 마지막에, 내가 어떻게 됐지?'

완전히 취해버린 메이드 네 명에게 붙잡혀서 험한 꼴을 당한 기억은 있는데, 그다음 일이 전혀 생각나지 않는다.

기억이 중간에서 뚝 끊어져 있다.

"시온 님은, 제가 마시던 술을 물인 줄 알고 드셨습니다만……혹시, 그 뒤에 있었던 일은 생각나지 않으시는 건가요?"

"그, 그래."

아르셰라의 질문에 고개를 끄덕였다.

"실수로 술을 마신 건 어렴풋이 생각이 나는데, 그다음 기억이 없네. 흐음. 한마디로 이게…… 소위 말하는, 취해서 기억이 날아간다는 그건가?"

"그렇게…… 되겠지요."

뭐라 말로 표현할 수 없는 표정으로 고개를 끄덕이는 아르셰라.

'음~~.'

시온은 창피하기도 하고 한심하기도 한, 복잡한 기분이었다. 취해서 기억이 날아가 버리는 일은, 자기 평생에 절대로 없을 거라고 생각했었다.

"내가…… 뭔가 이상한 소리라도 했어?"

기억의 공백이 신경 쓰여서 물었더니,

『……!』

메이드 네 명이 일제히 고개를 돌렸다.

얼굴이 약간 발그레해진, 상당히 떨떠름한 표정으로.

"어? 뭐야? 뭐, 뭔데 너희들, 그 반응은……?"

"아니…… 그게."

"뭐…… 그게."

"딱히…… 응."

"음…… 으음."

아르셰라, 페이나, 이브리스, 나기── 네 명 모두가 영문을 알수 없는 미묘한 반응이었다. 창피함과 어색함이 뒤섞인 복잡한표정이었고, 입가만이 미묘하게 풀어져 있다.

당장이라도 웃음이 나올 것 같지만, 필사적으로 참고 있는 것같은──

"가, 가르쳐줘! 내가 취해서, 대체 무슨 짓을 저질렀는지?!"

"아뇨…… 아무것도."

"뭐…… 대단한 건."

"딱히…… 그냥."

"음…… 으음."

거듭되는 애매하고 어중간한 반응에, 시온의 불안과 혼란은 더더욱 가속됐다.

'내, 내가 대체 무슨 짓을 저지른 거야……?!'

마음속으로 탄식하는 시온.

그 뒤에 아무리 부탁해도, 메이드 네 명은 어젯밤의 진상에 대해 절대로 말해주지 않았다.

Presented by Kota Nozomi / Illustration = Pyon-Kti

Genius
Hero
and
Maid
Sister

제 3 장

전직 용사는 노예와 만난다

로가나 왕국── 왕도 로디아.

왕궁에 인접한 기사단 본부.

청소가 잘 돼 있는 복도를, 단복을 입은 남녀가 걸어가고 있다.

남자 쪽은── 수려한 외모라는 말이 잘 어울리는 미청년.

레비우스 벨터 서게인.

명문 서게인 가문의 장남이고, 2년 전에 용사 파티의 일원으로 마왕을 토벌하러 갔던 영웅 중에 한 사람.

그리고.

마왕을 쓰러트린 용사── 였던 것으로 되어 있는 남자.

여자 쪽은 블로어 로즈.

서게인 가문을 섬기는 고용인 중의 한 명이고, 어린 시절부터 레비우스의 시중을 들었다. 지금은 부대장을 맡은 레비우스의 부관으로서, 그의 업무를 보조하는 역할을 맡고 있다.

"음~. 비스테아 일도 겨우 일단락됐구나. 아~ 힘들었다."

두 팔을 들고 기지개를 켜며, 레비우스가 투덜대는 것처럼 말했다.

민중 앞에서는 청렴결백하고 공명정대한 청년을── 민중이 바라는 『이상적인 용사』를 연기하고 있는 레비우스지만, 오랫동안 알고 지낸 블로어와 있을 때는 편한 태도를 보인다.

"수고하셨습니다, 레비우스 님."

그런 레비우스에게 공손한 태도로 말하는 블로어.

약 2주 전에 지방도시 비스테아에서 발생했던 『영번 연구실』이었던 자들에 의한 테러 사건.

전쟁 당시의 지저분한 유산이라고 불러 마땅한 연구 기관이, 왕과 귀족들에게 반기를 들기 위해 테러 사건을 일으켰다.

레비우스와 블로어는 최근에 계속, 그 사건의 사후 처리에 시달리고 있었다.

"이것도 평화로운 세상이 됐다는 증거라고 해야 하나? 뭘 하려고 해도 서류네 허가네 정말 귀찮고, 끝난 뒤에도 이거네 저거네 번잡한 절차들이 있고 말이야."

"어쩔 수 없는 일이겠죠. 이번 일은 까딱 잘못하면 도시 하나가 멸망할 수도 있는 큰 사건으로 발전했을지도 모를 일이었으니까요."

"하긴. 진짜 용사 군 덕분이야."

"예. 그 소년을 훌륭하게 이끄신 레비우스 님의 공입니다."

자조하는 것처럼 말한 레비우스에게, 블로어는 강한 어조로 대답했다. 레비우스는 얄궂다는 것처럼 웃고는 어깨를 살짝 으쓱거렸다.

시온 터레스크의 활약 덕분에, 『영번 연구실』이 벌인 테러 사건은 순식간에 진압되고 해결되고 말았다.

하지만 세상에서는 레비우스가 사건을 해결한 것으로 알려져 있다.

마왕을 토벌했던 영웅이 또 한 가지 위대한 공적을 쌓았다── 그것이 세상의 인식이고, 왕실에게 있어서도 좋은 사실이었다.

그래서 기사단의 기록이나 대중에 대한 정보 조작 등, 다양한 측면에서 앞뒤가 맞도록 사실을 위장할 필요가 있었기 때문에, 안 그래도 번잡한 사후 처리가 더 복잡해지기도 했다.

"어쨌거나 내일부터는 오랜만에 휴가다. 오늘 밤은 밤거리에 나가서 신나게 놀아볼까?"

"아, 안 됩니다! 레비우스 님이 시내에 놀러 나가시면 큰 혼란이 벌어집니다! 좀 더 용사로서의 자각을 지니도록 하세요!"

"용사도 술은 마시고, 여자랑 노는 정도는 하잖아?"

"안 됩니다! 술이라면…… 제가 어울려드리겠습니다. 여, 여자와 노는 쪽도……."

"응?"

"아, 아무것도 아닙니다."

"후훗. 그래, 알았어. 오늘 밤에는 얌전히 있을게. 방에서 마실 테니까, 잠깐 대작 좀 해줘."

"예, 알겠습니다."

"뭐, 여자랑 노는 서비스는 사양하고 싶지만."

"뭐! 다, 다 들으시지 않았습니까! 그리고…… 사, 사양하고 싶다는 건 무슨 의미입니까!"

놀렸더니 얼굴이 새빨개진 블로어와, 즐겁게 웃는 레비우스.

그런 두 사람이 복도를 걸어가서 모퉁이를 돌았을 때, 한 남자와 마주쳤다.

"어이쿠, 레비우스가 아닌가."

기사단복을 입은 금발에 둥그스름한 얼굴의 남자였다. 나이는

30대 후반 정도려나. 체격은 중간 키에 중간 체격이지만 배가 조금 나왔다. 근육이 아닌 군살 때문에 체격이 좋은 것처럼 보이는 전형적인 중년 체형.

그는 부드러운 미소를 지은 채, 친한 척 레비우스에게 말을 걸었다.

"오랜만이군. 어떻게, 잘 지내고 있나?"

"오랜만에 뵙습니다. 엘단 부대장님. 예, 그럭저럭 잘 지내고 있습니다."

레비우스는 붙임성 있는 표정으로 싱글싱글 미소를 지으며 고개를 숙였다. 옆에 있는 블로어는 자세를 바로잡고 고개를 깊이 숙였다.

카밀 발라 엘단.

귀족 출신이고, 지금은 기사단 부대장을 맡고 있는 사내다.

"네 활약에 대해서는 익히 듣고 있다네. 지난달에 비스테아에서 벌어졌던 일에서도 크게 활약했다는 것 같던데."

"우연일 뿐입니다."

"이봐, 레비우스. 다음에 우리 부대 애들 훈련 좀 시켜주겠나. 내 실력으로는 제대로 가르칠 수가 없어서 말이야. 부대가 계속 약해져 가기만 할 뿐이라네."

"아하하."

중년 남성의 웃을 수 없는 농담에 예의상 웃어서 대답하는 레비우스.

지금 그 말은 겸손도 뭣도 아닌―― 있는 그대로의 사실이었다.

카밀은 기사단에서 부대장을 맡고 있고, 나름대로의 지위와 권력을 자랑하는 사내지만── 사실 그는 전투능력이나 무훈에 의해 지금의 입장을 손에 넣은 자가 아니다.

연줄과 정치력.

오로지 그것만 가지고 기사단 부대장 자리까지 올라왔다.

'……이 평화로운 2년 사이에, 기사단도 점점 변해가고 있구나.'

마음속에서 한숨을 쉬는 레비우스.

전시에는 무엇보다 실력이 우선됐다.

부대를 이끄는 대장 정도가 되면 전투능력은 물론이고, 통솔력과 지휘력이 뛰어난 걸물만이 맡을 수 있었다.

하지만 최근에는 기사단 안에서도 정치적인 기색이 강해지고 있다.

실력 이외의 다양한 측면── 출신과 학력, 왕실에 대한 인상 등의 요소들이 출세에 관여하고 있다. 강한 자가 아니라, 위쪽의 마음에 든 자들이 높은 지위로 올라가는 경향이 강해지고 있는 것이다.

한마디로 카밀은 그 전형적인 케이스였다.

검과 마술 실력은 평범.

아무리 좋게 봐줘도 2류 수준.

원래는 단순한 일개 병졸이었지만── 최근 2년 동안, 그는 귀족으로서의 연줄을 최대한 활용했다. 왕실의 유력자에게 많은 뇌물을 보내고, 그리고 타고난 화술을 발휘해서 필사적으로 아첨을 하고──

그 덕분에 평범한 실력 그대로, 부대장 지위까지 올라가 버렸다.

'불쌍하네. 이 아저씨 밑에서 일하는 친구들이.'

당연하다고 해야 할까, 실력도 없으면서 연줄만으로 부대장까지 올라간 몸이다 보니, 기사단 안에서 카밀의 평가는 최악이었다.

하지만 본인은 그런 평판에 대해 전혀 신경도 쓰지 않는 것 같았다.

"엘단 부대장님이야말로 최근에 크게 활약하신 것 같습니다만. 이름을 자주 들었습니다."

"와하하. 뭘, 자네 정도는 아니지."

"아마도──『노예 해방 운동』, 이었던가요?"

레비우스가 말했다.

카밀은 기다렸다는 것처럼 고개를 끄덕였다.

『노예 해방 운동』.

최근 일부 귀족들 사이에서 활발하게 벌어지고 있는, 노예 제도 철폐를 요구하는 운동.

그 운동의 중심에 있는 것이, 바로 이 카밀이었다.

"그래, 맞다네. 지금 내가 선두에 서서, 귀족들의 의식 개혁을 추진하고 있지."

힘차게 고개를 끄덕이는 카밀.

기사단에 몸을 두고 있는 입장이면서, 카밀이 힘을 쏟는 일들은 정치적인 기색이 강한 활동들 뿐이었다. 기사단 업무는 거의 다른 사람에게 떠넘기고, 자신은 정치에만 힘을 쏟고 있는 것이다.

'소문으로 듣기에는 대신 자리를 노리고 있다고 하던데.'

카밀에게 있어 기사단 부대장이라는 지위는 출세를 위한 발판일 뿐이겠지. 그래서 아랫사람들이 아무리 싫어한다고 해도, 그에게는 신경 쓸 일도 아닌 것이다.

"레비우스. 노예 제도는 이미 낡은 것이라네. 사람이 사람을 괴롭히면서 섬기게 하는 시대는 끝났어. 노예들 또한 우리와 같은 사람이니까."

둥근 얼굴에 자신만만한 미소를 지으며, 카밀이 계속해서 말했다.

"우리 귀족은 백성들을 이끄는 입장에 있어야만 하네. 숭고한 이념을 지니고 고귀한 뜻을 가슴에 품을 필요가 있지. 그래…… 그렇기에 우리 같은 존엄한 자들은 사람을 차별해서는 안 된다네. 자비로운 마음을 가지고, 아인과 약자들을 대해야 하는 것이지. 차별 따위는 존재해서는 안 돼. 그들 또한 생명이 있는 인간이고, 대체할 수 없는 유일무이한 존재니까."

'음……. 뭔가, 은근히 거만한 사상이 깃들어 있네.'

차별 제도에 의문을 품고 있다기보다는, 차별 제도 철폐를 호소하는 행위 자체에 심취해 있는 것 같은.

'자비로운 마음이라고 말한 시점에서부터 문제인데 말이야.'

어디까지나 자신과 같은 자들은 베푸는 입장, 이라는 뜻이겠지.

상대를 대등하다고 여기는 마음이라고는 털끝만큼도 없다.

'뭐, 이런 듣기 좋은 선행을 좋아하는 귀족들도 많겠지.'

레비우스는 여러모로 석연치 않았지만, 깊이 캐묻지도 않았다.

"레비우스. 내 활동에 관심이 있다면 자네도 한 번 참가해 보는 게 어떤가? 자네라면 크게 환영하겠네. 나와 함께 자비와 박애의 정신을 전하고 다니도록 합세."

"죄송합니다만, 당분간 할 일이 많아서 말이죠."

사실은 내일부터 휴가지만, 레비우스는 정말로 미안하다는 표정을 지으면서 고개를 숙였다.

"그런가. 아쉽군. 뭐, 시간이 나면 꼭 한 번 들러보게나. 나는 내일부터 당분간은 바탐에 있을 예정이니. 그쪽에서 궐기 대회나 강연할 예정이 잡혀 있거든."

"예. 시간이 되면 꼭 가보겠습니다."

그런 대화가 끝나고, 카밀과 헤어졌다.

"……시간이 나면 가실 생각이십니까?"

"그럴 리가 없잖아."

"그렇겠죠~."

어깨를 으쓱거리는 레비우스와 씁쓸하게 웃는 블로어.

"그나저나……『노예 해방 운동』이라. 이상한 운동을 다 시작했네."

"뭐, 서계인 가문과는 상관이 없는 일입니다만."

"우리 집안에는 노예가 없으니까."

레비우스가 태어난 서계인 가문은 로가나 왕국에서도 손꼽히는 명문 중의 명문.

저택에서 일하는 사람은 신분이 확실한 고용인들뿐.

노예를 고용하는 일은 없다. 제대로 된 교육을 받고 예의와 작법을 몸에 익힌 자들을, 적절한 급여를 주면서 고용하고 있다.

이 나라에서 노예를 소유한 자들이라면 벼락부자가 된 부호들이나 말단 관리, 그리고 중급 이하의 귀족들이다.

"정말 싫다니까, 귀족이라는 생물은. 평화로운 세상이 되면 쓸데없는 짓이나 하려고 드니까 말이야."

"하지만 무조건 나쁘다고 할 수도 없겠죠. 우리나라의 노예 제도와 아인 차별에 대해, 때때로 외국에서 문제를 제기하는 목소리가 들려올 때도 있으니까요."

블로어가 말했다.

"엘단 부대장에 대해서는…… 솔직히, 그다지 좋은 인상은 거의 없습니다만, 활동 자체는 잘못된 것이 아니라고 생각합니다. 동기와 이념이 조금 일그러진 것이라고 해도, 결과적으로 나라가 좋은 쪽으로 바뀐다면……."

"과연 그럴까. 블로어, 잘 기억해두는 게 좋아."

레비우스는 굳은 표정으로 말했다.

"혜택받은 인간이 주장하는 『평등』만큼 수상한 것도 없어.

레비우스는 완벽히 빈정대는 말투로 그렇게 말하고는, 다시 걸음을 옮기기 시작했다.

"……음. 이봐, 이브리스."

저택의 한 방——

시온이 심기가 불편해 보이는 낮은 목소리로—— 그래도 충분히 톤이 높은 목소리지만, 그러면서도 나름대로 최대한의 낮은 목소리로 말했다.

시온의 시선이 향한 곳에는 소파에 누워 있는 이브리스가 있었다.

기분 좋은 숨소리까지 내면서 자고 있다.

"일어나. 어디서 자고 있는 거야."

"……쿨~."

"일어나라고 했잖아!"

"……으엉~?"

큰소리를 질렀더니, 귀찮아하면서 몸을 일으켰다.

"뭡니까 도련님. 기껏 기분 좋게 자고 있었는데……."

"뭡니까, 는 무슨. 너는 매번 아무 데서나 그렇게 졸고…… 꼴사납다는 생각은 해본 적 없어?"

"으음…… 그치만 어쩔 수 없잖아요. 점심을 먹고 나면 너무나 졸리다고요."

"……그렇다면 자기 방 침대에서, 시간을 정하고 잠깐 수면을 취해. 그쪽이 오후에 일하는 능률도 좋아지겠지. 반 시간 정도라면 나도 뭐라고 할 생각은 없어."

"저기요~ 그건 뭔가 아닌 것 같거든요~. 자야지~ 하고 마음먹고 자버리면 그건 낮잠이 아니라고 할까. 잠깐 쉬는데 왠지 갑자기 졸려서 그대로 의식을 잃는 게 이상적인 낮잠이라고 할까요."

"말도 안 되는 소리를……."

시온은 깊은 한숨을 쉬었다.

"정말이지…… 넌 항상 그런다니까. 게으른 데다 농땡이만 피우고…… 쉬고 싶으면 먼저 일을 능률적으로 처리한 뒤에 쉬면 되잖아. 귀찮은 일을 뒤로 미루면, 나중에 고생하는 건 자기 자신이라는 걸 왜 모르는 건데?"

"아…… 맞아, 이거야. 역시 우리 도련님은 이래야 한다니까. ……지난번에 그렇게 칭찬할 때는, 진짜 미칠 지경이었는데."

"응? 무, 무슨 소리야?"

"아, 아뇨, 아무것도. 그냥 혼잣말이에요."

잔소리를 들었으면서도 어딘가 만족한 것 같은 이브리스.

"아무튼, 빨리 가서 일해. 너만 농땡이 피게 놔두면, 다른 사람들한테 할 말이 없잖아."

"아, 예. 알겠습니다요."

"……그러고 보니, 아르셰라는 어디 갔지?"

메이드장인 아르셰라가 이브리스가 한참동안 낮잠을 자게 방치해둔 것도 신기한 일이다.

평소 같으면 시온이 주의를 주기도 전에 아르셰라가 이브리스의 엉덩이를 두드려서 일하게 만들었을 텐데.

"아~ 뭐라더라, 잠깐 나갔다 온다고 했어요."

"나간다고? 어디로?"

"릴리일라를 만나러 간다던가요."

"릴리일라를……?"

"……어라? 이거 말하면 안 되는 거였나? 말하지 말라고 했던 것 같기도 하고……."

고민하는 게 조금 늦은 이브리스.

릴리일라.

얼마 전에 이 근처에 나타났던 음마(서큐버스)였다.

정말 표현하기 힘들다고 할까, 입에 담기도 그렇다고 할까……아무튼 음마라는 존재를 그 한 몸으로 보여주는 것 같은 존재였다.

같은 음마인 아르세라와는 예전부터 아는 사이였던 것 같고.

얼마 전에 인간에게 해를 끼칠 가능성이 있다고 생각해서 붙잡았는데, 그것이 억울한 누명이라는 사실이 금세 밝혀졌고, 그래서 시온은 릴리일라를 풀어줬다.

"설마 아직도 이 근처에 있었을 줄이야. 난 어디 먼 데로 갔을 거라고 생각했는데."

"……결국 릴리일라 녀석도, 아무 데도 갈 데가 없다는 게 아닐까요?"

어딘가 포기한 것 같은 말투로, 이브리스가 말했다.

그 눈동자에는 쓸쓸한 기색이 깃들어 있었다.

"자세한 건 모르겠지만, 음마 일족도 마계에서 입장이 상당히 약해졌다는 것 같으니까요."

"……."

마계에 사는, 여자밖에 없는 고위 마족── 음마.

예전에는 많은 다른 종족들을 거느렸고, 마왕의 휘하에 들어간 뒤에도 확실한 지위를 확립하고 있었지만── 지금에 와서는, 음마들의 세력은 쇠퇴 일로를 걷고 있다고 한다.

무리도 아닌 일이다.

다른 사람도 아닌 아르셰라가.

음마를 이끌며 다음 세대의 음마를 낳아야 하는 『바빌론(대음부)』이.

그녀들의 곁을 떠났으니까.

여왕이 없어지자, 지금 음마들은 멸망하기만을 기다리는 종족이 되어버렸다──

"릴리일라는 일족에서 빠져나와서 제멋대로 살고 있다는 것 같지만…… 그렇다고 해서 어딘가 자리 잡을 곳이 있는 것도 아닐 테니까요."

"……."

"마찬가지로 마계에서 도망 나온 아르셰라 말고는, 마음을 터놓을 수 있는 동족이 없을지도 모르죠. 아르셰라도 아르셰라대로…… 여러모로 복잡한 입장이니까."

"……말은 하지 않았지만, 아르셰라도 다른 음마들을 신경 쓰고 있겠지."

생각이 났다.

지난번에 붙잡았던 릴리일라를 해방할 때── 아르셰라가 자진해서 배웅했다.

'뭔가, 쌓인 이야기가 있었을지도 모르지.'

이 저택에서는 하기 힘든 이야기도 있었을지 모른다.

아르셰라는 『바빌론』으로서의 입장도 책무도 버리고, 시온의 메이드가 돼서 이 저택에서 살기로 결정했다.

이제 와서 마계로 돌아갈 생각은 없겠지만── 그렇다고 해서 자신이 버리고 온 동포들을 전혀 신경 쓰지 않는 것도 아니겠지.

"음마들도 지금에 와서는 아르셰라를 쫓아낸 걸 후회하고 있을지도 모르죠. 마왕을 배신한 『사천여왕』이 마음에 안 드는 건 당연한 일이겠지만, 어쨌거나 음마라는 종족은 여왕이 없으면 성립되지 않으니까."

이브리스가 말했다.

2년 전── 마왕과 용사의 정상 결전.

마왕의 측근이었던 『사천여왕』은 최후의 순간에 마왕을 배신하고 용사 편에 붙었다.

극단적으로 말하자면.

그녀들 넷의 배반이 전쟁의 직접적인 패인이라고도 할 수 있다.

그 책임을 물어서, 네 명은 마계에서 쫓겨났다. 마왕군 잔당들이 격렬하게 규탄하고, 때로는 목숨을 노리고, 때로는 자해를 강요했다.

아르셰라도 동포들로부터 강한 질책을 받고, 궁지에 몰렸다는 것 같다.

자신들을 배신한 여왕을 용서하지 않고 박해해버린 일족──

그녀들은 지금, 자신들이 몰아내 버린 여왕에 대해 어떻게 생각하고 있을까.

"뭐, 전 잘 모르겠지만 말이죠. 일족이나 가족 같은, 그런 건."

자조하는 것처럼 말하는 이브리스.

"……그러게. 나도 잘 몰라."

애매하게 맞장구를 치는 시온.

이 저택에 사는 자들은—— 거의 육친이나 혈족이라는 유대와 거리가 먼 자들이다.

시온은 고아로, 자기 부모의 얼굴을 본 적이 없다.

특수한 의식에 의해 태어난 페이나는 나면서부터 천애고아.

나기는 쿠데타에 실패해서 일족이 몰살당하고 말았다.

이브리스가 태어난 고향, 대륙 북방에 존재했던 엘프 마을은—— 이미 멸망했고.

다섯 중에 네 명이, 육친이나 혈족이 없는 자들.

하지만——

'……아르셰라만은, 연을 끊었다고는 해도 아직 많은 동포가 존재하고 있지.'

그렇기 때문에 릴리일라와 접촉하면서도, 어느 정도 눈치를 보는 구석도 있겠지.

자신만이 과거와의 인연이 남아 있다는 데 대해, 미안한 마음 같은 것을 품고 있는지도 모른다.

'복잡한 일이네…….'

쉽사리 「신경 쓰지 말라」고 말할 수 있는 문제가 아닌 것 같은 기분이 들었다. 아르세라 본인이 이쪽에게 감추려고 하는 이상은, 모르는 척하는 쪽이 좋을지도 모른다.

그렇게 생각하고 있는데——

"……으음."

"왜 그러세요, 도련님?"

"손님이 온 것 같아."

저택 주위에 있는 숲에 쳐놓은 결계에, 침입자가 있다는 반응이 포착됐다.

"헤에. 별일이네. 어디 보자, 제가 가서 처리하고 올까요? 침입자 격퇴도 메이드의 중요한 업무니까."

"무슨 소리를……. 넌 그냥, 다른 일이 하기 싫어서 그런 거잖아."

한숨을 쉬고 나서,

"격퇴하러 갈 필요는 없어. 아무래도—— 진짜 손님인 것 같으니까."

숲에 쳐놓은 결계에는, 마술의 소양이 없는 일반인이라면 길을 잃고 헤매게 만드는 효과가 있다.

결계의 존재를 알아차리지 못하는 사람은, 숲속을 아무리 걸어도 이 저택에 도달하지 못한다.

이것은 근처에 사는 사람들을 시온의 에너지 드레인으로부터 지키기 위한 결계다. 아무것도 모르고 숲속으로 들어온 사람은 방향감각이 틀어지게 되고, 바로 숲 밖으로 나갈 수 있는 구조로 되어 있다.

하지만 바꿔서 생각하면──

이 저택의 존재를 알고 저택을 찾아오려 하는 사람은, 몇 번이고 몇 번이고 거듭해서 숲에서 나갔다 들어 왔다를 반복하게 된다.

이번 손님도── 아무래도 그런 상태인 것 같다

'……마력 파동은 없고, 무기도 호신용 단검 정도밖에 없어.'

의식을 집중하면 결계 안에서 일어나는 일을 어느 정도 파악할 수 있다.

숲 입구 언저리에서는, 체격이 좋은 남자가 짐칸이 달린 마차에 타고 있다.

"차림새나 장비를 보면 상인 같은데."

"상인? 어째서 상인이 이런 곳에?"

"모르겠어."

상인이 물건을 팔러 이곳까지 찾아오는 일은 지금까지 단 한 번도 없었다.

'어째서 여기까지……. 뭐, 됐고.'

시온은 결계를 일부 해제해서, 손님을 저택에 초대하기로 했다.

장비나 풍채를 보고 위험하지는 않을 거라 판단했고, 무엇보다 굳이 이 저택으로 오려고 하는 이유가 마음에 걸렸다.

"이브리스. 간만에 오시는 손님이다. 정중하게 맞이해드려라."

"으에~? 왜 제가?"

"네가 제일 한가해 보이니까."

"⋯⋯아~ 알겠습니다. 뭐, 어차피 강매하러 오는 상인일 테니까, 적당히 상대하면 되겠죠?"

"상대를 보고 대응하는 태도를 바꾸는 수준 낮은 짓은 하지 마라. 내 메이드라면 상대가 누가 됐건 성실한 대응을——."

평소대로 잔소리를 시작했을 때, 시온의 표정이 일그러졌다.

숲속을 지나는 마차의 짐칸—— 그 안에 있는 것을 알아차렸기 때문에.

"이, 이브리스. 역시⋯⋯."

"예?"

"⋯⋯아냐, 아무것도. 손님을 맞이할 준비를 해줘."

입에서 나오려던 말을, 갈등 끝에 다시 삼켰다.

저택을 찾아온 남자는 역시나 상인이었고, 이름은 도무르라고 했다.

"그흐흐. 오오, 이건 비싼 홍차군요. 감사히 들도록 하겠습니다. 오오, 이 쿠키도, 이건 정말 절품이군요. 그흐, 그흐."

키가 작은, 뚱뚱한 사내였다.

소파에 앉았더니 몸 전체가 구체처럼 보였다.

목과 얼굴 주위에는 군살이 잔뜩 붙었고, 굵은 목소리로 웃음소리를 흘리고 있다. 빈말로라도 인상이 좋다고 하기는 힘들었지만 수염을 풍성하게 기른 입가에는 상인다운 미소를 짓고 있어서, 좋지 않은 인상을 어느 정도 완화시켜주고 있다.

"그나저나…… 정말 놀랐습니다. 설마 이 저택의 주인이 바뀌었을 줄이야. 여태껏 몰라서 정말 죄송할 따름입니다."

홍차를 다 마신 뒤에, 도무르는 맞은편에 앉아 있는 시온을 보며 말했다. 생김새와는 달리, 말투나 태도는 상당히 겸손했다.

상인이라는 걸 생각해보면 당연한 일인지도 모른다.

"혹시 하논 경의 자제분이십니까?"

"아니, 나는 그 자와는 아무런 관계도 없다. 본 적도 없고."

하논 경이란 지금 시온이 사는 저택의 전 주인이다. 서고에 남아 있던 서류 등을 봤기에 이름 정도는 알고 있다.

"여러모로 사정이 있어서 말이야. 이 저택은 내가 양도받게 됐다."

사실은 폐허나 마찬가지인 상태로 버려져 있던 저택을 멋대로 개장하고 멋대로 눌러살고 있는 상황이지만, 굳이 설명하기도 귀찮아서 적당히 넘겨버렸다.

"그러셨군요. 뭐, 저희 상회가 하논 경과 거래한 것도 벌써 30년이나 지난 일이니까요."

도무르는 상회에 남아 있건 기록을 뒤지다가 이 저택의 존재를 알게 됐다는 것 같다.

원래 주인이었던 하논 경은, 30년쯤 전에 그의 상회와 거래를 한 적이 있었다는 것 같다.

"헌데…… 실례지만 나리의 성함이?"

"시 터스크다."

적당한 가명을 말하는 시온.

은둔 생활을 하는 이상, 경계해서 나쁠 것은 없다.

"그럼, 터스크 경이라고 하면 되겠습니까?"

"마음대로 불러라. 원한다면 편하게 불러도 된다."

"아뇨, 그럴 수는 없지요."

거창하게 손사래를 치는 도무르.

"……그흐흐. 이거 참, 정말 대단하시군요, 터스크 경. 그 젊은 나이에 이런 저택의 주인이 되시다니. 상당히 이름 있는 가문의 분이신가봅니다?"

"글쎄."

빈말이라는 게 뻔히 보이는 말에 적당히 대답했다.

아무래도 상대는 시온을 손님으로 간주한 것 같다. 물건만 팔 수 있다면 상대가 누가 됐건 상관없겠지.

돈이 있을 것 같은 상대라면, 누구라도.

"정말 훌륭한 저택입니다. 손질이 잘 된 정원, 저택의 인테리어, 센스가 좋은 가구…… 터스크 경의 고귀함과 품위가 전해지는 것 같습니다."

"저택을 잘 관리하고 있는 건, 우수한 메이드들 덕분이다."

"그것도 터스크 경의 인덕이 있기에 가능한 일이겠지요. 주인이 우수해야 고용인들도 일을 잘하게 되는 법입니다."

"……."

"이거 참, 터스크 경은 참으로 겸허하시군요. 젊은 나이에 정말 훌륭하십니다. 이 도무르, 참으로 감탄했습니다."

"……빈말은 이제 그만 해도 된다."

약간 진력을 내면서, 시온이 말했다.

"본론으로 들어가 주겠나?"

"오오, 그러시군요. 그흐, 알겠습니다. 그흐흐."

굵직한 웃음소리를 흘리며, 도무르가 시선을 옆으로 옮겼다. 거기에는—— 두 소녀가 있었다.

소파에 앉지도 않고, 말없이 서 있다.

"이것이, 지금 저희가 제일 추천하는 상품입니다."

도무르가 말했다.

그는 상인은 상인이지만—— 노예상인이었다.

"…………."

시온은 아무 말 없이 시선을 소녀들 쪽으로 옮겼다. 가슴 속 깊은 곳에서 혐오감과도 같은 감정이 치밀어 올라왔지만, 필사적으로 억누르면서 무표정한 얼굴을 유지했다.

약간 마른, 두 소녀.

머리카락은 금색이고, 그 사이로 뻗어 나온 귀는 길고 뾰족하다.

한 눈에 봐도 알 수 있다.

그 소녀들은—— 엘프였다.

"그흐흐! 어떠십니까, 터스크 경? 이쪽은 노예 엘프, 두 마리입니다! 어떠십니까? 아름답지 않으십니까?"

도무르는 큰 소리로 웃으면서 일어나더니, 거리낌 없이 소녀들의 어깨에 손을 얹었다.

소녀들은 아무 반응이 없다.

감정이 죽어버린 눈으로 허공을 보고 있을 뿐.

마치, 그렇게 조교 되기라도 한 것처럼——

가느다란 목에 채워진 것은 투박하고 울퉁불퉁한 목줄.

그녀들이 노예라는 사실을 증명하는 목줄이다. 특수한 마술로 정제한 것이며, 채운 자의 마력을 극한까지 억누르는 효과가 있다.

로가나 왕국에서 아인들은, 이 목줄을 차고 노예 신분으로 전락했을 때에야 비로소 거주가 용납된다.

목줄이 없는 아인은 그 자리에서 살해당해도 할 말이 없다.

'……이브리스.'

시온은 곁눈질로, 옆에 서 있는 이브리스를 슬쩍 봤다.

별다른 반응은 없다.

허리를 곧게 펴고 가만히 서 있다. 도무르의 홍차가 다 떨어지면, 바로 포트를 들고 차를 추가해주고 있다.

손님을 대접하는 메이드로서, 충분하고 남는 태도.

그렇기에—— 시온은 알고 말았다.

평소답지 않은 늠름한 자세에서, 위화감을 품지 않을 수가 없었다.

마치.

마음속의 동요를 들키지 않기 위해, 필사적으로 의연한 태도를 연기하고 있는 것 같은——

'역시 다른 사람한테 대신해달라고 해야 했나.'

도무르가 끌고 온 마차의 짐칸.

그 안에 있는 것이 노예 엘프라는 것을 감지한 순간, 시온은 고민했다.

『사천여왕』의 일각.

『다크 엘프』── 이브리스.

이브리스와 엘프 일족에게는 적잖은 인연이 있다.

그래서 도무르나 노예와 만나지 않는 쪽이 좋을 것 같다고 생각했지만── 그렇다고 그렇게 신경을 써주는 것도 오히려 실례가 될 것 같다는 기분도 들었다.

결국, 이렇게 이브리스와 노예 엘프가 만나게 되고 말았는데, 과연 이래도 되는 걸까──

시온은 마음속으로 고민했지만, 도무르는 그런 시온의 갈등 따위는 알지도 못하고, 계속 상품에 대해 설명했다.

"잘 알고 계시겠지만, 지금 엘프 노예는 상당히 귀중합니다. 이미 마을이 멸망해서, 숫자에 한도가 있으니까요. 살아남은 것들의 숫자도 계속 줄어들고 있다는 것 같더군요. 어떠십니까, 이 기회에 몇 마리 들이시지요?"

도무르가 의기양양하게 말을 이어갔다.

"이 두 마리는 저희가 들여온 상품 중에서도 특히 좋은 것들입니다. 관상용으로 충분하시겠죠? 인간의 말이나 글자도 어느 정도 가르쳤으니, 노동력으로도 활용할 수 있습니다."

더, 계속했다.

"아, 좀 더 어린 쪽이 취향이시라면 다른 것도 데려오겠습니다만? 짐칸에 아직 재고가 있으니까요."

그리고.

"그렇지. 터스크 경에게만 특별히 서비스를 해드리겠습니다. 지금 구입하시면 덤도 있습니다? 짐칸에 재고가 더 있으니까요. 이 둘을 구입하시면, 덤으로 하나를 더——."

콰앙, 하고.

테이블을 세게 두드리는 소리가 실내에 울렸다.

두드린 사람은— 시온이었다.

"……터, 터스크 경?"

"아, 미안하군. 벌레가 있었던 것 같아서."

태연하게 말했다. 딱히—— 감정을 터트린 것은 아니었다.

그저 상대의 말을 멈추게 하고 싶었을 뿐이다.

엘프를 물건처럼 표현하는 말을, 더 이상 이브리스에게 들려주고 싶지 않았을 뿐이다.

"이름은, 뭐라고 하지?"

"……예?"

"거기 두 사람 말이다. 이름은?"

"하아…… 일단 저는 머리가 짧은 쪽을 알, 긴 쪽을 올, 이라고 부르고 있습니다만."

노예의 이름 따위는 구입한 뒤에 지어주면 되는 게 아닙니까? 라는 것 같은, 이상하다고 여기는 얼굴이었다.

"그런가."

시온은 다시 한번, 두 사람을 바라봤다.

"알과 올은—— 순수한 엘프가 아닌 것 같군."

지적하자, 도무르가 움찔, 하고 몸이 굳어졌다.

"아, 아니, 그게……."

"순수한 엘프는 눈부신 금색 머리카락과 깊이 있는 감청색 눈동자를 지녔다고 한다. 하지만 이 둘은 눈동자 색이 전혀 다르군. 알은 녹색이 강하고, 올은 다갈색이다. 머리카락도 금색이라고 할 수는 있지만, 붉은 기운이 강하군."

시온은 담담하게 말을 계속했다.

"이 둘은 소위 말하는, 하프 엘프라는 존재겠지."

"……여, 역시나 박식하시군요. 무, 물론, 말씀하시지 않으셔도 제가 설명할 생각이었습니다? 결코, 속여서 팔아넘기려던 것은……."

횡설수설 변명하는 도무르.

하프 엘프.

간단히 말하자면 엘프가 다른 종족과 관계를 가진 결과로 태어난 존재다.

엘프들은 상당히 폐쇄적인 종족이라서, 숲 오지에 사는데다 다른 종족과 교류를 갖지도 않는다. 그런 생태 때문에, 다른 피가 섞인 하프 엘프 같은 존재는 예전에는 거의 태어나지 않았다──하지만.

엘프 마을이 멸망하고 그 생존자들이 뿔뿔이 흩어진 뒤로는, 대륙 각지에서 간간이 보이게 됐다.

듣고 싶지도 않은 이야기지만…… 어딘가의 귀족의 노예로 사들인 순수한 엘프에게 계속 하프 엘프를 낳게 해서, 노예로서 대량으로 출하하고 있다는 이야기도 들은 적이 있다.

"나도 자세한 것까지는 모르지만…… 노예 시세를 봤을 때, 순수한 엘프와 하프 엘프는 가격에 상당한 차이가 난다는 것 같은데."

"그, 그렇지요. 대략…… 다섯 배에서 열 배 정도는."

말하기 거북하다는 것처럼, 도무르가 말했다.

'……그렇군. 한마디로── 재고를 처리하러 왔다는 얘긴가.'

마음속이 차가워지는 것이 느껴졌다.

노예라는 것은 유지하는데 만도 돈이 든다.

재고를 안고 있으면 안고 있는 만큼, 상회의 재정이 압박당한다.

옢르 마을이 멸망한 뒤로 순수한 엘프는 희소가치가 커져서 시장 가치가 급등했지만, 그 반면에 하프 엘프는 숫자가 늘어나서 가격이 떨어졌다는 것 같다.

팔리지 않는 노예 따위, 상인에게는 백해무익한 존재다.

그래서 이렇게, 30년 전의 연줄을 찾아서까지 방문 판매를 하러 왔겠지.

재고를 어떻게든 처리해버리기 위해서.

"……그흐흐. 우는 소리처럼 들리실 수도 있겠지만, 지금 하프 엘프 노예는 안 팔리는 상품입니다."

굵직한 웃음소리에 비통한 기색을 담고, 도무르가 말했다.

하프 엘프라는 걸 간파당한 탓인지, 이번에는 동정을 유도하는 전략으로 바꾼 것 같다.

"안 그래도 숫자가 너무 많아서 시장 가치가 떨어진 데다가, 최근에, 이 나라에서는 귀족들이 쓸데없는 짓을……."

"『노예 해방 운동』말인가?"

"예! 그렇습니다!"

불만을 터트리는 것처럼, 도무르가 힘껏 고개를 끄덕였다.

『노예 해방 운동』에 대해서는 시온도 신문 등을 통해서 알고 있다.

기사단 부대장 카밀이 중심이 돼서, 귀족들 사이에서 노예 제도 철폐를 요구하는 운동이 일어나고 있다는 것 같다.

"정말이지…… 귀족들의 변덕에는 정말 두 손 들었습니다. 덕분에 저희는 장사가 완전히 말했습니다. 좋은 고객이었던 귀족과 호상이, 일제히 노예 구입을 자제하게 됐으니까요."

그야 그렇겠지.

활동에 참가한 귀족들이 새로운 노예를 살 리가 없고, 그 운동이 더 널리 퍼져나가게 되면 다른 자들도 노예를 사기 힘든 분위기가 조성된다.

"지금 노예상인은 미증유의 큰 위기에 빠져 있고, 그래서 저도 이렇게 오랜 연줄을 더듬어서 상품을 팔러 다니고 있습니다."

"그렇군. 사정은 알았다. 꽤나 고생이 많은 것 같군."

"예. 그러니 터스크 경…… 부디, 사람 하나 살린다는 생각으로."

거기서 도무르가 고개를 깊이 숙였다. 진지하고, 성실한 태도처럼 보였다. 동정을 사려는 연기였다면 정말 대단하다고 해야겠지.

"미안하지만—— 나는 노예를 사는 취미가 없다."

시온은 딱 잘라서 말했다.

손을 들어, 출구 쪽을 가리켰다.

"이만 돌아가 주게."

도무르가 노예 엘프들을 데리고 돌아간 뒤의 응접실——

"……이브리스."

"그렇게, 심각한 얼굴 하지 마세요, 도련님."

손님용 잔과 접시를 치우면서, 이브리스가 아무렇지도 않게 말했다.

"왠지 이상하게 신경을 써주시는 것 같은데, 저는 전혀 신경 쓰지 않으니까요."

"…………."

시온이 멋대로 신경을 썼다는 건, 이브리스 쪽에서도 다 알고 있었던 것 같다. 짐칸에 있는 노예 엘프를 눈치챈 뒤에 바로 판단하지 못하고 애매한 태도를 보인 탓이겠지.

'……한심하네.'

망설임 때문에 어중간한 짓을 저지르고 만 시온은 미안한 기분이 들었다.

"아무 상관없어요."

이브리스가 말했다.

마치 자신에게 들려주려는 것처럼.

"마을이 망해서 뿔뿔이 흩어진 엘프 생존자가 어떤 꼴이 됐는지도, 그 자식 대부분이 노예가 됐다는 것도…… 뭐, 대충 소문을 들어서 알고 있었거든요."

"…………."

"하지만── 그래서 그게 뭐 어쨌다고요. 저는 더 이상 엘프랑 아무 상관도 없는 입장이라고요. 그쪽도 제가 상관있는 척하면 싫어할 테고."

"…………."

"뭐, 죄악감 같은 게 하나도 안 느껴진다고 하면 거짓말이겠지만."

입꼬리에 살짝 자학하는 미소를 지으며, 이브리스가 말했다.

"엘프 마을을 박살 낸 건── 다름 아닌 저니까요."

시온은── 아무 말도 하지 않았다.

지금으로부터 약 100년 전.

엘프 마을은── 멸망했다.

말 그대로, 아주 깔끔하게 괴멸했다.

마을을 통치하던 권력자들은 전부 죽어버리고, 아주 소수의 생존자들만이 대륙 각지로 도망쳐서 살아남았다.

나무가 우거졌던 깊은 숲은, 눈보라가 그칠 날이 없는 극한의 얼어붙은 땅으로 변해버렸다.

그 원인은 천재지변도 아니고 다른 종족의 침공도 아니었다.

단 한 사람.

단 하나.

단 한 마리.

그 마을에 태어났던 『다크 엘프』가——『저주받은 아이』라 불리며 멸시받고 박해당하던 아이가, 마을 전체를 전부 얼려버렸기 때문이다.

Presented by Kota Nozomi / Illustration = Pyon-Kti

Genius Hero and Maid Sister

제4장 전직 용사와 다크 엘프

그곳은—— 대륙의 어딘가에 있는 곳이었다.

아니, 어쩌면 다른 곳인지도 모른다. 이 대륙이 아닌, 바다 건너에 있는 전혀 다른 곳일 수도 있고.

하늘을 찌를 것 같은 높은 산 위에서—— 아니, 어쩌면 깊고 깊은 바다 밑바닥일지도. 어쩌면 구름 위인지도 모른다.

또는 마계일 수도 있고.

아니면 차원을 초월한 다른 세계일지도.

결국—— 어디건 상관없겠지.

『그』에게 자신이 어디 있는지 따위는 사소한 개념에 불과한 것이니까.

"……후후. 이제야 일이 조금 움직였나."

입가에 미소를 짓고, 그가 말했다.

백발의, 온화한 얼굴의 소년이다.

어디에나 있을 것 같은, 특별히 눈에 띄는 특징이 없는 외모의.

"너도 보도록 해, 이터너. 네 뒤를 이은 자가, 이번에는 어떤 활약을 하는지."

순간——

소년이 허공을 향해 말을 건 순간, 마치 처음부터 그곳에 존재했던 것처럼, 그 자리에 사람 모습이 나타났다.

늠름한 얼굴의 여자.

금색 머리카락을 휘날리며, 백은의 갑옷을 몸에 걸치고.

용맹하고 장엄한 분위기가 감도는 미녀지만── 그 눈만은 죽어 있다.

생기라고는 조금도 찾아볼 수 없는, 텅 빈 눈동자.

"뒤를 이었, 다고……. 말이란 하기 나름인 법이지."

여자는 담담하게 말했다.

"틀린 말은 아니잖아? 그는 네── 이터너의 궤적을 따라가려 하고 있어."

"나를 그 이름으로 불러주지 말았으면 싶군. 이미 오래전에 버린 이름이니까."

여전히 무표정한 얼굴로, 그러면서도 약간의 혐오감을 담아서 말했다.

"그랬었지. 너는 인간이었던 시절의 이름을 버리고 『마왕』이 됐고, 그리고 마지막까지 『마왕』 말고 다른 이름은 쓰지 않았으니까."

"…………."

"『용사 이터너』라는 이름에 약간이나마 미련이 남아 있다는 뜻이려나? 마로 타락해버린 몸이라고 해도, 과거의 영광만은 더럽히고 싶지 않다든지? 후후. 의외로 인간 같은 구석도 있었네."

아는 척 말하는 소년을, 여자는 무시했다.

그녀의 이름은── 이터너.

예전에는 『용사』라 불렸고, 마왕을 토벌해서 세상을 구한 여자이자── 그 뒤에, 마왕이 되어 세상을 멸망시키려고 했던 여자다.

용사이기도 했고 마왕이기도 했던 여자.

마왕으로 변해버린 그녀를 토벌한 것은—— 시온 터레스크라고 불리는 소년이다.

"얄궂은 이야기지만, 내 개인적인 생각으로는, 너는 『마왕』이된 뒤로 인간적인 행동이 더 많아졌던 것 같아. 인간이었던 시절의 너는 감정이 없고 무뚝뚝한 얼굴로, 어딘가 초인 같은 구석이있었으니까.『사천여왕』일도 그렇고——."

"……작작 좀 해라."

이터너가 질렸다는 것처럼 입을 열었다.

"쓸데없는 소리를 하려고 날 불러내는 짓은 자제했으면 싶군,노인."

"응? 노인?"

"시온 터레스크에게는 그렇게 말하지 않았던가?"

"아, 그래, 그랬었지. 완전히 깜박하고 있었어. 시온한테는『날노인이라고 불러』같은 소리를 해버렸었지."

"스스로 저지른 짓을 잊어버리지 마라."

무표정한 얼굴로 말하는 이터너와, 너무나 즐겁다는 것 같은소년—— 노인.

"그러니까, 쓸데없는 소리 하려고 부르지 말라고? 후후. 그건좀 봐 달라고. 나도 가끔은 누군가와 이야기하고 싶은 기분도 드니까. 혼잣말만 하다 보면 질려버리거든."

"그 정도로 죽은 자를 불러내다니, 정말 제멋대로군."

감정이 없는 말을 한 뒤에,

"그래서."

이터너가 계속해서 말했다.

"시온 터레스크는—— 어디까지 갔지?"

"아직 하나뿐이야."

"그런가. 진도가 꽤나 느리군. 그만큼 총명한 소년이라면 슬슬 알아차릴 때도 됐는데—— 마왕을 죽인 자에게 떨어지는 에너지 드레인…… 그것이, 성검을 흡수하면 개선된다는 것을."

"알아차리지 못한 건 아니겠지. 그저…… 아무래도 그 아이는 너무 착하거든. 나라를 어지럽히면서까지 성검을 모을 생각은 없는 것 같아."

"호오."

"너는, 성검을 몇 개까지 모았었지?"

"일곱이다."

이터너가 말했다.

자기가 물었으면서, 노인은 그다지 관심도 없다는 것처럼 고개를 끄덕였다.

"하아, 헤에. 그럭저럭 모았었네."

"네놈의 꼬드김에 넘어가서 성검을 모으기 시작했고, 그리고 일곱 자루째를 모았을 때——."

"아, 그랬지. 그쯤에서 너는 세상에 절망하고 마왕이 돼버렸었지."

"남의 일처럼 말하지 마라. 전부 네놈이 꾸민 일이 아니던가."

"미안해. 아무래도 다 끝난 이야기에는 관심이 사라져버리는 성격이라."

미안해하는 기색이라고는 하나도 없이, 웃는 얼굴로 말하는 노인.

"그런데…… 정말 곤란하네. 설마 시온이 이렇게까지 성검을 모으는 데 소극적으로 될 줄은 몰랐어. 예상보다 총명한 소년이라서 아주 좋다고 생각했었는데…… 총명한 것 이상으로 너무 착해. 아마도 자기 편의만을 의해서 성검을 모으는데, 죄악감이라도 품고 있겠지."

"흐음? 이거 놀랍군. 저주를 푸는 것보다 세상의 안녕을 선택한 것인가. 그건 상냥함을 넘어서…… 거의 스스로에게 벌을 내리는 영역이다."

마음대로 할 수 없는 에너지 드레인.

그저 그곳에 존재하기만 해도 주위의 생명을 빨아들이는 괴물.

세상의 모든 인간으로부터 미움받고, 멸시당하고, 박해당하고, 영겁의 고독을 강요받는다.

그런 지옥 속에서 원래 몸으로 돌아갈 수 있는 광명이 보였다면.

설령 그것이 어떤 수단이라고 해도── 거기에 매달리는 건 당연한 일이겠지.

"뭐, 너하고는 사정이 조금 다르니까. 진짜 고독 속에 있었던 너와 달라서, 지금의 그는 저주받은 몸이기는 해도 동료들이 있고, 의외로 즐겁게 살고 있으니까."

"…………."

"그나저나…… 저주, 란 말이지. 후후. 옛날에 너도 분명히 그렇게 말했었지. 자신의 증상을 『저주』라고 부르고, 오른손에 새겨진 문장을 『저주의 각인』이라고 불었었어."

노인은 한층 재미있다는 것처럼 웃었다.

"인간들은 정말 재미있다니까. 자신들에게 좋은 건 『성스러운 것』이라고 말하고, 안 좋은 건 『저주』라고 부르지. 대체 얼마나 제멋대로 생각하는 거야? 신이 대체 얼마나 인간 중심으로 살고 있다고 생각하는 걸까?"

후후후, 하고.

뭐가 재미있는 건지, 노인은 혼자서 계속 웃었다.

기분이 풀릴 때까지 웃은 뒤에,

"자."

분위기를 바꾸려는 것처럼 말했다.

"뭐 어쨌거나, 이대로 가면 곤란하겠네. 아무리 그래도── 진도가 너무 느려."

"또 간섭하려는 건가."

"그래. 촉진제를 조금 놔줘야겠지."

노인이 눈살을 살짝 찌푸렸다.

그 눈동자에는 인간을 벗어난 괴이한 빛이 깃들어 있다.

"예로부터 반복돼온 『용사』와 『마왕』의 이야기…… 이런 데서 끝나게 할 수는 없잖아."

조금 도와줘야지.

라고.

말하고.

어딘지도 모를 그 장소에서, 노인은 이동을 개시했다.

엘프.

대륙 북방에 사는 숲의 백성.

외적을 막아주는 깊은 숲속 오지에 살며, 다른 종족과의 교류
는 거의 없다.

사람들 사는 곳에 모습을 드러내는 것은 마을의 규정을 어기고
쫓겨난 자들 정도. 그런 추방자는 대부분의 경우 바로 인간에게
붙잡히고 만다. 순수한 엘프는 상당히 희소해서, 관상용 노예로
서 비싸게 거래됐다.

혼자서는 별다른 힘이 없는 엘프── 하지만 긴 역사 속에서,
그들이 다른 종족에게 침략당한 적은 단 한 번도 없다.

왜냐하면.

숲속에 있는 경우에 한해서, 엘프는 최강의 종족이 되기 때문
이다.

숲에서 태어나고 숲의 사랑을 받는 엘프는── 숲의 식물을 조
종하는 힘을 지녔다.

엘프의 마을을 둘러싸고 있는 숲은 그 자체가 견고한 성벽이
고, 그리고 동시에 흉악한 공격 수단이기도 했다. 마을을 노리고
숲에 발을 들인 침략자는, 단 한 사람의 예외도 없이 숲에 붙잡히
고 잡아먹히고 만다. 마계에 사는 고위 마족조차도 엘프의 마을

에 다가가는 자는 없다.

누군가에게서 빼앗지 않는 대신, 빼앗기는 것도 철저히 거절한다.

생활의 모든 것이 숲속에서 완결된다.

엘프라는 종족은 그런 폐쇄적인 민족이었다.

공수 일체의 숲에 둘러싸여, 밖으로부터의 위협을 두려워하는 일이 없는 엘프―― 하지만.

그들에게 있어 위협이란, 오히려 안쪽에서 발생했다.

『다크 엘프』.

수백 년에 한 번, 엘프들 사이에서 돌연변이로 태어나는 존재.

금발에 하얀 살갗을 지닌 엘프와 대조적으로 갈색 살갗과 회색 머리카락을 지니고 태어나는 것이 특징이라고 한다.

『다크 엘프』는―― 태어나면서부터 냉기를 조종하는 능력을 지닌다.

생물로부터 온기를 빼앗고 대기를 얼어붙게 하며, 대지에 뿌리 내린 온갖 생명들을 정지시키는 힘―― 숲과 함께 살아가는 엘프들은, 그런 『다크 엘프』의 힘을 『숲을 죽이는 힘』이라고 두려워하고 꺼렸다.

그래서.

『다크 엘프』는 『저주받은 아이』라 불렸고, 태어나면 바로 죽여버리는 관습이 있었다.

두 눈을 뜨기 전에, 이름조차 지어주지 않고 불로 태워버린다. 존재 자체를 재로 만들어버리면 일족을 멸망시키려고 하는 악마가 죽어버리고, 종족이 정화된다.

엘프들은—— 그렇게 믿고 있었다.

그것이 마을의 규칙이고 상식이었다.

마을을 지키기 위한, 일족을 존속시키기 위한 당연한 습관.

폐쇄적인 환경이 만들어낸 나쁜 풍습.

하지만.

지금으로부터 약 백 년 전——

자신이 낳은『다크 엘프』딸을 몰래 키우던 여자가 있었다.

태어나자마자 바로 죽어야 할 운명인 자기 자식을—— 죽기 위해서 태어난 것 같은 자식을 필사적으로 숨기고, 지키려고 한 여자가 있었다.

아마도 어머니의 깊은 사랑 때문이었을 것이리라.

하지만 결국——

몇 년이 지나, 결국 딸은 들키고 말았다.

어머니는 마을의 규칙을 어긴 벌로 처형당했고, 딸은 지금까지의 역사에서 그래왔던 것처럼, 정화의 불꽃으로 태워버리기로 했다.

마을 오지에 있는 제단——

갓난아이가 아니라 제 발로 걸을 수 있을 정도로 성장해 있던 딸은, 팔다리를 묶인 채 좁은 나무상자 안에 갇혀 있었다.

그리고—— 신성한 의식이 시작됐다.

장로와 사제들을 중심으로, 마을의 많은 이들이 의식을 위해 모였다. 그들의 얼굴에 죄악감은 없었고, 존재하는 것이라고는 안도하는 기색뿐.

몰래 숨어 살던 악마를 날뛰기 전에 처리할 수 있어서 다행이라고, 가슴을 쓸어내리는 것만 같은——

사제의 축사가 끝나자, 나무 상자를 둘러싼 장작에 불을 질렀다.

불은 단숨에 번져나갔고, 업화가 순식간에 아이가 들어 있는 상자를 휘감았다.

곧바로—— 절규가 터져 나왔다.

어린아이의, 몸이 찢어지는 것 같은 고함소리였다.

그것은 비명이었고, 살려달라는 소리였고, 애원이었다.

업화가 자신의 몸을 태우는 지옥의 고통을 맛보면서, 아이는 몇 번이고, 몇 번이고 소리를 질렀다. 몇 번이나, 몇 번이나 도움을 청했다. 몇 번이고, 몇 번이고 사과했다.

하지만 엘프 중에 그 목소리에 귀를 기울이는 자는 없었다.

불길은 계속 타올랐다.

갓난아기였다면 겨우 몇 분 만에 죽어버렸을 것이다. 하지만 아이는—— 이미 성장해 있었다. 육체는 물론이고 냉기를 부리는 『다크 엘프』의 마력도, 육체의 성장에 맞춰서 강해져 있었다.

그 탓에 아이는 불길을 어설프게 견딜 수 있었다. 죽지도 못하고 정신을 잃지도 못하고, 작렬하는 업화에 온몸이 계속 타올랐다.

엘프들은 의식을 완수하기 위해, 불이 꺼지지 않도록 계속 장작을 채워 넣었다.

그대로——

사흘 밤낮이 지났다.

그제야 겨우—— 의식이 끝났다.

원래 의식의 끝은 『다크 엘프』의 죽음뿐이다.

하지만 끝은, 예상치도 못한 형태로 찾아왔다.

그리고 끝난 것은 의식만이 아니었다.

냉기가.

영혼이 얼어붙을 것만 같은 극한의 냉기가, 나무 상자에서 흘러나왔다.

나무상자가 안쪽에서부터 터지더니—— 그 안에서는 온몸의 피부가 타서 문드러진 아이가 나타났다. 차마 눈 뜨고 봐줄 수 없는 모습이 돼버린 아이는, 하늘을 향해 울부짖었다.

불에 타버린 목으로, 말이라고 할 수도 없는 고함소리를 질렀다.

그것은 포효 같기도 했고, 동시에 통곡 같기도 했다.

눈에서는 재가 떨어지는 것 같은, 시커먼 눈물을 흘리면서.

찰나——

그 아이를 중심으로, 눈보라가 휘몰아쳤다.

극한의 냉기를 머금은 매서운 바람이 불자 주위를 둘러싸고 있던 엘프들은 순식간에 얼음 덩어리가 돼버렸고, 다음 순간에는 얼음 가루가 돼서 사라져버렸다.

그래도 눈보라는 멈추지 않았다.

규모는 한도 없이 커졌고, 마을은 고사하고 숲 전체를 뒤덮어버렸다.

마족조차도 다가가지 못하던 깊은 숲의 바다는── 겨우 몇 시간 만에 온갖 생명이 죽어버린 영구동토로 변해버렸다.

모든 것이 얼어붙었다가 먼지처럼 부서진, 새하얗게 물들어버린 세상에서──

아이는 혼자서, 검은 눈물만 계속 흘렸다.

그렇게 해서── 엘프 마을은 멸망했다.

『다크 엘프』는 숲을 죽인다.

얄궂을 정도로, 잔혹할 정도로, 전설처럼 돼버린 결말이었다.

엘프 마을을 멸망시킨, 단 한 명의 소녀.

원래『다크 엘프』는 이름도 받지 못한 채로 저승의 명부에 올라가게 되는데, 어머니가 그 존재를 숨겨왔던 아이에게는 어머니가 지어준 이름이 있었다.

그 아이의 이름은── 이브리스라고 했다.

"…………."

깊은 밤.

다른 사람들이 모두 잠들었을 때, 이브리스는 혼자서 행동을 개시했다.

옷을 챙겨 입고, 소리도 없이 자기 방에서 현관으로 이동해서는, 문에 손을 대고 저택 밖으로 나가── 기 직전.

"──어디로 갈 생각인 거지?"

그때.

어둠 속에서, 귀에 익은 목소리가 들려왔다.

"······도련님."

이브리스가 힘없이 중얼거렸다. 기둥에 등을 대고 기대 서 있는 시온은, 천천히 이브리스 쪽으로 걸어왔다.

"왜 이런 데 계신 거죠?"

"그건 내가 할 말이야."

"············."

"어디 갈 생각인데?"

"······아~ 진짜."

탄식하는 것 같은 목소리로 말하고, 이브리스는 손으로 얼굴을 가린 채 하늘을 바라봤다.

"제 생각을 읽고, 여기서 기다리고 있던 건가요? 진짜 도련님은, 얄미울 정도로 눈치가 좋다니까."

"············."

"하아~ 나도 진짜 못났다니까······. 그렇게 폼 잡아놓고, 결국 뻔히 다 들켰잖아."

"······그 아이들을."

시온이 말했다.

"노예로 잡혀 있는 엘프들을—— 구하러 갈 생각이야?"

"······예, 맞아요."

시온은 눈을 살짝 찌푸렸다.

"노예는—— 이 나라에서는 합법이야. 요즘은 묘한 운동이 벌어지고 있는 것 같지만, 현시점에서는 노예를 소유하는 것도, 그리고 매매하는 것도 죄가 아니라고."

"…………."

"반대로, 타인이 소유한 노예를 멋대로 풀어주는 것은 강도나 절도와 다를 게 없는 죄가 되지."

"……알고 있다고요, 그딴 건."

"──『상관없다』가 아니고?"

시온이 말했다.

"너 스스로 그렇게 말했잖아. 이제 와서 엘프와는 아무 상관도 없고, 아는 척할 생각도 없다고."

"…………예, 그랬죠. 아무 상관 없어요. 엘프 생존자나 그 자식들이, 이제 와서 어떻게 되건 상관없죠. 저한테는 상관없다고…… 그렇게, 생각했어요. 그렇게, 생각하려고 했는데……."

이브리스의 목소리와 표정에 비통한 느낌이 커져갔다.

"그렇게…… 물건처럼 취급받는 하프 엘프 애들을 봤더니…… 저 때문에 부모도 돌아갈 곳도 잃어버린 것들이, 잔뜩 있다는 사실을 새삼 확인한 것 같은 기분이 들어서……."

"이브리스……."

"……흥. 이제 와서 무슨 뻔뻔한 소리냐는 기분이죠? 마을을 멸망시킨 건 바로 전데."

가슴이 아플 정도로, 빈정대는 웃음.

비통함을 어떻게든 날려버리려는 것만 같은.

"……이브리스. 네 과거는, 조금은 알고 있어. 폐쇄적인 민족

특유의 비합리적인 풍습이 문제일 뿐이고, 네가 한 일은——."

"아…… 됐어요. 그런 건."

시온의 말을 자르고, 이브리스가 말했다.

"딱히—— 후회하는 건 아니니까요. 죄악감이 없다고 하면 거
짓말이겠지만…… 그래도, 설령 시간을 되돌린다고 해도, 저는
아마 몇 번이건 똑같은 짓을 할 테니까요."

이브리스의 눈동자가 서서히 검게 가라앉는다.

슬픔과 분노조차도 뒤덮어버릴 것만 같은, 깊은 어둠의 색으
로.

"어머니를 죽이고, 저도 죽이려고 했던 놈들 따위는, 죽는 게
당연한 나쁜 놈이에요. 자기들이 나쁘다는 것도 모르는, 제일 질
나쁜 놈들…… 그렇게 기분 나쁜 마을 따위, 멸망시켰다고 후회
하지도 않아요."

하지만, 이라고, 이브리스는 계속해서 말했다.

검게 가라앉았던 눈동자에 망설임과 갈등의 기색이 나타났다.

"……그 마을에도, 아무것도 모르는 놈들이 있고…… 그런 놈
들이나, 그 애들이, 마을이 멸망해서 갈 곳을 잃고, 노예까지 돼
버렸다…… 그렇게 생각했더니, 도저히 가만히 있을 수가 없어
서……."

"…………."

"뻔뻔한 소리라는 건 저도 알아요. 이제 와서 용서해달라는 생
각은 하지도 않고. 죗값을 치를 생각도 없고요. 그냥 자기만족일
뿐이라는 건, 징그러울 정도로 잘 알고요. 하지만…… 눈에 들어

왔으니까, 손이 닿는 데 있으니까, 어떻게든 해주고 싶어요. 그냥, 그렇게 생각했을 뿐이에요."

"……그래서?"

쓸쓸한 얼굴로 심정을 토로한 이브리스에게, 시온이 물었다.

"그래서, 어쩔 생각인데?"

"예?"

"노예가 된 엘프들을 구한다고 해도…… 도무르가 어디 있는지, 알아?"

"그, 그건…… 그러니까, 뭐, 열심히 찾아서…….."

"하아. 정말이지, 계획이 없는 것도 정도껏 해야지."

보란 듯이 한숨을 쉬고, 시온은 주머니에 손을 넣었다.

꺼낸 것은——

"그건…… 고추?"

"고추가 아니고!"

"아, 아니네. 고추가 아니라 노리개였지."

"그래, 노리개다. 남성기를 본뜬…… 도 아니라고! 그것도 아냐!"

실컷 딴죽을 걸고, 시온은 손에 들고 있는 물건을 상대에게 똑똑히 보라는 것처럼 내밀었다.

"『코케시』다!『코케시』! 나기가 말했잖아."

"아~ 맞아, 맞아. 그런 이름의 인형이었죠."

나기의 조국에 전해져 내려온다는, 전통적인 인형.

지금 시온에 들고 있는 것은, 며칠 전에 약간의 소동이 벌어지게 했던 목각 인형이었다. 그 때는 나무를 깎은 상태 그대로였지만, 지금은 도료로 옷과 머리카락, 얼굴 등을 그려놔서 예전보다 훨씬 인형처럼 보인다.

"그 소동 뒤에, 나기가 몇 개를 줬거든."

"헤에, 그랬나요. 그런데…… 왜 이 타이밍에서 그걸? 설마 무겁게 가라앉을 분위기를, 야한 농담으로 풀어보려고 했다든지……?"

"아니야! 제대로 된 의미가 있어!"

큰소리를 지른 뒤에, 시온이 설명을 시작했다.

"기껏 나기가 준 인형이니까. 뭔가 장식 말고 다른 데도 쓸 수 있을 것 같아서, 여러모로 시험해보고 있었거든."

"…………."

"따, 딱히 장식해주는 게 싫어서 그런 건 아니라고! 이, 눈이 하나도 웃지 않는 웃는 얼굴이 밤중에 보면 무섭다든지, 그런 이유가 아니라고!"

알아서 무덤을 파는 시온.

"으음. 그러니까, 아무튼 여러모로 시험해보고── 발신기로 쓰는 방법을 생각해냈지."

"발신기……."

"『인형』이라는 의미를 지닌 모양이, 마력을 담아두는 데 좋은 쪽으로 작용했거든. 아주 미량의 마력을 정착시켜서, 나만이 탐지할 수 있는 내 전용 발전기로 만들었어."

"……그럼, 설마."

"그래. 도무르가 왔을 때, 나기한테 부탁해뒀지. 틈을 봐서 마차에 발신기용『코케시』를 설치해달라고."

"…………."

"아직 시제품 단계다 보니 성능은 별로야. 정착된 마력은 기껏해야 여섯 시간 정도 가겠지. 그다지 느긋하게 있을 수는 없어."

"…………."

이브리스는 눈이 휘둥그레진 채로 할 말을 잃었다.

그런 이브리스에게, 시온이 말했다.

"뭔가 착각하고 있는 것 같은데── 이브리스, 난 널 막으려고 온 게 아니야."

"…………."

"네가 엘프들을 도와주러 가겠다면, 나도 같이 갈게. 너 혼자서 보내면 무슨 짓을 저지를지 너무 불안해서 미쳐버릴 것 같으니까."

"도련님……."

건방진 소리를 하는 시온을, 이브리스가 곤혹스러운 표정으로 바라봤다.

"정말이지…… 징그러울 정도로 다 들여다보고 있네요, 도련님은. 그 노예상인이 온다는 걸 알아차린 순간부터, 이런 준비를 해뒀다니."

"그렇게까지 뭐든지 다 들여다보는 건 아니야. 네가 행동으로 옮기지만 않았다면, 내가 뭔가를 제안할 생각은 없었으니까."

시온이 말했다.

"아까도 말했지만 노예 매매는 죄가 아니야. 이 나라에서는 합법. 오히려 다른 사람의 소유물인 노예를 멋대로 놓아주는 쪽이 절도나 강도죄에 해당하지."

하지만, 하고. 계속해서 말했다.

"나는 이 나라의 법보다 네 마음을 더 중요하게 여기고 싶어."

"……그래도 되겠어요, 도련님. 범죄자가 될 텐데요?"

"흥. 난 원래부터 그런 존재야. 이제 와서 죄가 하나쯤 늘어나도 아무 문제 없다고."

시온은 어깨를 으쓱거렸다.

"어쨌거나 너한테만 맡겨둘 수는 없으니까. 평소처럼 대충대충 하기라도 하면 큰일이니까. 내가 도와줘서…… 뭐, 큰 소동이 나지 않도록 잘 처리해줄게."

"……풉. 아하하."

이브리스가 웃음을 터트렸다.

"정말이지, 꼬맹이 주제에 멋있는 척하기는."

"뭐…… 노, 놀리지 마! 난 진지하게——."

시온은 분개했지만, 그 말이 끝나기도 전에.

살포시.

몸을 약간 숙인 이브리스가 상냥하게 안아줬다.

"어. 아……."

"고맙습니다, 도련님."

귓가에서 말한 감사의 말이, 고막을 울렸다.

이브리스는 평소부터 그렇게 스킨십이 많은 편이 아니지만, 그

래도 반쯤 놀리면서 끌어안았던 적이 몇 번인가 있기는 했다.

하지만, 처음이었다.

이렇게, 감싸는 것처럼 포옹해준 것은.

"이, 이봐, 이브리스…… 언제까지 안고 있을 건데?"

"……후후. 뭐 좋잖아요, 가끔은. 원한다면 좀 더——."

"——흠, 흠! 흐ㅇㅇ음!"

하고.

완전히 들으라는 것 같은 헛기침 소리가 현관에 울렸다.

"——?!"

이브리스는 펄쩍 뛰는 것처럼 시온한테서 떨어졌다.

그랬더니 기둥 뒤에서 아르셰라, 페이나, 나기 세 사람이 나타났다.

"으엑…… 니, 니들, 있었냐?"

"예. 처음부터 계속 보고 있었답니다? 시온 님께서 말씀을 해주셨거든요."

"……도련님, 진짜 입 싸네."

"아, 아니, 나는 숨기는 것도 좀 그럴 것 같다 싶어서……."

빤히 노려보자 횡설수설 변명하는 시온.

아르셰라는 차가운 미소를 머금은 채로 이브리스에게 다가갔다.

"우후후. 평소에는 그렇게 남보고 색정마네 발정기네 헐뜯어대더니, 잠깐만 단둘이 놔두면 이런 짓을 하는군요, 이브리스?"

"아, 아니거든, 지금 그건, 그러니까……."

"시 님도 문제거든~. 우리가 보는 거 다 알면서 거절도 안 하고 말이야~."

"나, 난 놀라서 움직이지 못했을 뿐이야!"

"……나리마님……『코케시』를 장식해두는 것이, 싫으셨습니까……? 저는 또, 마음에 드셔서 발신기로 개량하셨다고 생각했었는데……."

"아, 그, 그게 아니라 나기! 네『코케시』는 훌륭한 인형이라고 생각해! 정말 훌륭한 완성도였어! 단지…… 바, 밤에 눈이 마주치면 진짜로 무서워서 말이야……."

시끌시끌, 평소와 다를 게 없는 난리법석이 났다.

소동이 일단락됐을 때,

"니들은…… 안 말리는 거냐?"

이브리스가 다른 메이드들을 보면서 말했다.

"우리는 과거를 전부 버리고, 여기서 도련님의 메이드로서 살아가기로 정했는데…… 그런데, 이렇게 과거에 고집하는 짓을――."

"……말리지 않아요."

대답한 사람은 아르셰라였다.

"시온 님이 허가하셨으니 우리에게는 말릴 이유가 없죠. 시온 님의 명령은 절대적이니까."

그리고, 라며 아르셰라가 계속해서 말했다.

입가에 희미한 미소를 짓고서.

"꼭 돌아올 거잖아요?"

"……그래."

이브리스가 고개를 끄덕이자, 아르셰라는 만족한 것처럼 고개를 끄덕였다.

"그렇다면, 그걸로 됐어요."

"동감이야."

"이하동문."

페이나와 나기도 고개를 힘차게 끄덕였다.

"이것들이…… 정말이지, 이놈이고 저놈이고 너무 잘났다니까."

고개를 숙이고 강한 어조로 말하는 이브리스. 어떻게든 투덜거리려고 하는 것 같지만, 풀어진 입가를 주체할 수 없는 것 같다.

"그럼— 가볼까."

"……예."

메이드 세 명의 배웅을 받고, 시온과 이브리스는 저택을 출발했다.

몇 시간 뒤—

두 사람이 도무르가 있는 곳에 도착했을 무렵에는 이미 날이 밝아 있었다.

그의 은신처는 바탐 시내 인근에 있는 작은 마을이었다.

"반응이 나오는 건, 저 집이다."

시온이 중얼거렸다.

마을 외곽에 있는 낡은 단층 주택.

바로 옆에는 도무르가 몰고 다니던 말과 짐마차도 있었다.

두 사람은 먼저 짐칸 쪽으로 다가갔다.

슬쩍 안을 들여다봤지만── 짐칸에는 아무것도 없었다.

"……역시, 노예를 짐칸에 가둬둔 건 아닌 것 같네."

결계 안에서 느꼈던 기척에 의하면, 도무르는 저택으로 데리고 들어온 엘프 두 명 외에도 여섯 명의 엘프를 더 짐칸에 태우고 있었던 것 같았다.

노예들을 함부로 다루는 악덕 상인이라면 노예들을 밖에서 재울 수도 있을 텐데, 아무래도 도무르가 데리고 있는 엘프들은 그렇게까지 나쁜 취급을 받는 건 아닌 것 같았다.

안도의 한숨을 쉬었지만 동시에 의문도 샘솟았다.

'이상하네……. 동료가 몇 명 더 있을 거라고 생각했는데.'

이 주변에는 도무르가 소속된 상회의 지부도 없다. 동료 몇 명과 같이 대량의 노예들을 데리고 원정을 왔을 거라고 생각했는데…… 이 집에는 마차가 한 대밖에 없다.

'애당초 이 집은 거점으로 삼기에는 너무 작은 것도 같고…….

이것저것 생각하면서, 시온은 짐칸 안쪽을 들여다보고 그곳에 있었던 『코케시』를 회수했다.

"잘 챙기네요, 그 고추."

"고추가 아니야, 『코케시』라고. ……그냥 놔둘 수도 없잖아."

나기가 준 선물이니까 소중히 여겨야지. 그렇게 생각하면서, 시온은 밤에 보면 무서운 인형 모양 발신기를 품 안에 집어넣었다.

"여기 없다는 걸 보면…… 엘프 애들은 집 안에 있나."

두 사람은 기척을 감추면서 집 쪽으로 걸음을 옮겼다.

이미 동이 트고 아침 해가 높이 올라오기 시작했다. 가능하다면 밤중에—— 도무르가 자는 동안에 전부 끝내고 싶었지만, 발신기의 시간제한과 이동 거리라는 제약 상, 타이밍은 지금뿐이었다.

"작전을 확인한다."

집 뒤쪽으로 이동하면서, 시온이 작은 소리로 말했다.

"집으로 몰래 들어가서, 내가 최면 마법으로 도무르를 기절시킨다. 동료가 있는 경우에도 내가 대응하고."

"예."

그 뒤에 둘이서 엘프들을 데리고 도망친다."

"예. 그런데…… 엄청 단순한 작전이네요."

"이 정도로 단순한 게 좋아."

도무르한테 전투 능력은 없다.

조금 무리한 방법이라도 어떻게든 되겠지.

"그런데 도련님. 목줄은, 어쩔 겁니까? 그건 분명히, 전용 열쇠가 있어야만 풀 수 있다고 했잖아요……? 억지로 벗기려고 하면, 거기 장치된 독침에 찔린다고 하던데."

"나라면 억지로 벗길 수 있어. 상처 하나 없이."

"정말이지…… 말도 안 되게 믿음직하네요."

감탄을 넘어 질려버린 것 같은 이브리스.

한편 시온은 약간의 죄악감을 맛보고 있었다.

'⋯⋯왠지 강도질을 하는 것 같아서 켕기는 기분이 드네. 아⋯⋯ 아니다. 『같은』게 아니라 강도 그 자체인가.'

마음속으로 자조했다.

지금부터 하려는 짓은 틀림없는 범죄 행위다.

이브리스를 위한 일이기에 망설임은 없지만⋯⋯ 그렇다고 도무르에게 직접적인 원한이 있는 것도 아니다. 노예 엘프 두 명에 대한 대응을 봤기 때문에 그다지 좋은 인상은 없지만, 도무르는 어디까지나 노예 상인으로서 할 일을 다 했을 뿐이다.

일단 성의 정도의 금전은 가지고 왔다.

최면 마술로 기절시킨 뒤에 그의 품 안에 넣어둘 생각으로.

'뭐⋯⋯ 그렇다면 처음부터 돈을 내고 노예들을 전부 구입하고, 그 뒤에 놓아주면 될 것도 같지만.'

그게 제일 간단하고, 그리고 합법적인 해결 방법이리라.

돈이 없는 것도 아니다.

가격이 많이 내려간 하프 엘프라면, 도무르가 데리고 있는 아이들을 전부 다 사들일 수도 있을 것이다.

하지만── 왠지 싫었다.

돈을 내고 노예를 구입하는 것이── 노예가 된 소녀들을 물건으로 인정하는 것이.

특히 이브리스 앞에서 노예 상인과 엘프를 사고파는 짓을 하고 싶지 않았다.

그런 작은 고집 때문에, 이렇게 번거로운 수단을 쓰게 된 것이다.

"가자, 이브리스."

각오를 다지고, 시온이 말했다.

일단은 내부 상황을 확인하기 위해, 두 사람은 창문을 통해서 집 안을 엿봤다.

거기서—— 예상치 못한 일을 보고 말았다.

"아하하, 기다려요, 도무르 아저씨, 거기 서~!"

"에잇! 펀치, 펀치, 펀치!"

"아야, 아야야…… 이봐, 좀 살살 해라. 아야야. 아, 이 녀석, 수염은 잡아당기지 말고……!"

"으에엥~! 도무르 아저씨, 루코가 나 때렸어~."

"꺄아아악! 아니야, 루카가 때렸어~."

"이런 루카, 루코, 울지 말고. 그래, 뚝 그쳐야지. 아야야, 그, 그러니까 수염은 잡아당기지 말라고……!"

"야! 너희들, 이제 그만 좀 해! 아침 먹을 시간이잖아! 아까부터 내가 몇 번이나 말했는데!"

"으아, 알 언니다! 알 언니가 화났다!"

"꺄하하하! 도망치자~."

"아~ 정말이지, 매번 난리만 피우고……!"

"너무 그러지 마라, 알, 이해해줘라."

"도무르 아저씨도 문제라고요. 화낼 때는 제대로 화를 내야죠."

"……그흐흐. 아무래도 화를 내거나 큰소리를 지르는 건 좀 힘들어서 말이야."

"정말이지, 사람이 너무 착하다니까. 어제 터크스 경네 저택에서도 문제였다고요. 저랑 올을 좀 더 난폭하게 다뤄서, 말 잘 듣고 다루기 편한 노예라는 걸 어필했어도 됐는데……."

"그흐흐…… 미안하다. 그게 머리로는 생각하고 있는데 말이야."

"그쯤 해 둬, 알."

"올……."

"그런 착한 도무르 아저씨가 구해줬으니까, 우리가 오늘까지 이렇게 살아 있는 거잖아."

"……그렇긴 한데."

"자, 얘들아, 밥 먹자. 수프 다 식겠다."

"응~."

"알았어, 올 언니."

"뭐, 뭐야, 너희들 왜 올이 하는 말은 잘 듣는 건데!"

""………….""

창문을 통해 집안의 상황을 본 시온과 이브리스는 깜짝 놀라고 말았다.

눈 앞에 펼쳐진 광경을 믿을 수가 없었다.

'뭐, 뭐야, 이건……?'

웃는 얼굴.

거기에는 그저, 웃는 얼굴만이 있었다.

집 안에 있는 자들은 도무르를 제외하면 전부 노예 엘프였다. 어린 엘프 아이 여섯 명은 하나같이 투박하고 아파 보이는 목줄을 차고 있다.

하지만 그들의 얼굴에는 노예다운 비참한 느낌 따위는 없다.

오히려── 희망과 행복으로 가득 찬 표정을 짓고 있다.

다른 아이들보다 조금 나이가 많아 보이는 엘프 둘── 알과 올도 어제 저택에서 봤던 인형처럼 무표정한 얼굴이 아니었다.

알은 기가 세 보이는 표정이고, 올은 차분하고 어른스러운 표정.

마치 다른 사람처럼 활기가 넘치는 태도로, 다른 아이들의 실사를 챙겨주고 있다.

그리고── 도무르.

통통한 체격에 굵직한 목소리로 웃는 노예 상인. 아양을 떠는 천박하게 웃는 얼굴로 엘프를 상품 취급하면서 팔아넘기려고 하던 그 사람이 지금은── 거짓말처럼 상냥한 표정을 짓고 있었다.

엘프 아이들에게 둘러싸여서 진심으로 웃고 있다.

엘프들도 도무르에게 마음을 열고 있는 것처럼 보였다.

'뭐가 어떻게 돌아가고 있는 거야……?'

"도무르 아저씨, 오늘은 어떻게 하실 거죠?"

아침 식사 중에 알이 입을 열었다.

"……오늘은 북쪽으로 가볼까 싶어. 북쪽 산을 넘어가면 변경

백의 저택이 있다는 것 같거든."

"알겠습니다."

아침을 참는 것 같은 얼굴로 말하는 도무르와, 각오가 담긴 얼굴로 고개를 끄덕이는 알.

그러자 아이들이 떠들어대기 시작했다.

"에…… 오늘도 언니들 팔러 가는 거야?"

"바로 어제 실패했는데."

"으……. 이젠 싫어, 난 계속 같이 있고 싶은데."

"얘, 얘가…… 그런 소리 하지 마! 어쩔 수 없잖아……? 이젠 돈도 다 떨어졌으니까……."

"미안하다……. 정말 미안해, 나 때문에."

둥그런 얼굴을 찌푸려서 당장이라도 울음을 터트릴 것 같은 표정이 되는 도무르.

그때, 였다.

"……어? 뭐야, 터, 터스크 경?"

"아."

너무 예상치 못한 상황에 놀라서, 창문 너머로 빤히 쳐다보고 있던 탓이겠지.

시온과 이브리스는, 안에 있는 사람들에게 들키고 말았다.

집 안은 휑했다.

거의 최소한의 가구밖에 없고, 의자 대신 목재나 나무 상자를 사용하고 있다. 기둥과 벽의 손상도 심하다.

듣자 하니 도무르와 엘프들은, 한 달쯤 전부터 여기서 살았다는 것 같다. 마을에 있던 빈집에, 거의 공짜나 다름없는 집세를 내고 살고 있다고 한다.

"……그럼 도무르. 너는 이미 상회를 그만뒀다는 얘기야?"

"예……."

낡고 흠집이 잔뜩 난 테이블을 사이에 두고, 시온과 이브리스는 도무르와 마주 앉아 있다.

엘프 아이들은 알과 올 두 사람이 밖으로 데리고 나갔다.

"……그흐흐. 정말 한심한 이야기입니다."

자조하는 것처럼 웃으면서, 도무르가 말했다.

저택에서 만났을 때는 기분 나쁘다는 인상만 줬던 특징적인 웃음소리가 지금은 너무나도 허무하게 느껴졌다.

"원래 전쟁이 끝난 뒤로 노예 수요가 감소하는 경향이었습니다. 유복한 귀족들 사이에는 노예가 아니라 제대로 된 고용인을 고용하는 게 주류가 되어가면서 상회의 수익은 계속 떨어지기만 했고…… 거기에 결정타를 날리려는 것처럼, 그 『노예 해방 운동』이 시작된 거죠."

평화로운 세상이 찾아온 덕분인지, 최근에는 이웃 나라와의 교류도 예전보다 활발해지고 있다. 그렇게 된다면 당연히 다른 나라의 정보나 문화도 들어오게 된다.

인근 제국 중에는 노예 제도가 없는 나라도 존재한다.

아인의 존재가 공적으로 인정되고 인간과 공존하는 나라도 있다.

그런 정보가 국내에 들어오게 되면 문화나 제도가 영향을 받고 변화해가는 것은 자연스런 일일 것이다.

그런 정세 때문에, 국내의 노예 시장은 사양길에 접어들고 있는 것 같았다.

"경영이 악화되면, 당연히⋯⋯ 위에서는 재고를 처리하라고 하는 법이죠."

거기서 도무르는 잠깐 창밖을 봤다.

박에서는 엘프 아이들이 신나게 놀고 있었다.

"저는, 제가 담당하던 저 애들을⋯⋯ 처분하라는 지시를 받았습니다."

"⋯⋯⋯⋯."

당연하다면 당연한 흐름이겠지.

노예 상회가 팔리지 않는 노예를 처분하는 것은 흔히 있는 일이다.

아무리 노예라고 해도 최소한의 인권을 인정하는 법률은 존재한다. 하지만 그것은 어디까지나 노예를 구입한 소유자에게 해당하는 것이다.

부유층에 의한 과도한 학대나 징계를 방지하기 위한 것일 뿐이고, 노예 상회가 내밀히 노예를 처분하는 것은 암묵적인 양해와 함께 허락된 일이다. 『전염병에 걸린 것으로 의심된다』는 등의 보고를 적당히 올리면, 위쪽에서도 깊이 추궁하지는 않는다.

"처음에는⋯⋯ 시키는 대로 죽일까도 했습니다. 하지만⋯⋯ 도저히 그럴 수가 없어서⋯⋯ 그흐흐. 웃기지도 않죠? 지금까지 그렇게 노예들을 팔아온 주제에. 그래도…… 도저히 저 아이들만은, 죽일 수가 없었습니다. 팔리지 않고 남아 있었던 기간이 길었던 탓에, 몇 년이나 제가 돌봤거든요……."

정이 들어버렸다는, 그런 얘기겠지.

노예 상인이 노예를 관리할 때 제일 중요한 것은 필요 이상으로 마음을 주지 않는 것인데, 도무르는 거기에 실패해버린 것 같다.

노예를 『물건』으로 볼 수 없게 되는 것은, 노예 상인으로서는 치명적인 실패다.

"정신을 차려보니 저는…… 상회를 그만두고, 가진 돈을 전부 털어서, 제가 챙기던 하프 엘프 여덟 명을 전부 사들였습니다."

"…………."

"얄궂은 이야기입니다만, 팔리지 않는 하프 엘프는 가격이 많이 떨어져 있었으니까요. 저같이 별 볼 일 없는 노예상인이 모아놓은 돈으로도 어떻게든 살 수가 있었습니다."

"……그랬군."

대략적인 사정은 알았다.

거기서,

"……그렇다면, 왜 우리한테 팔러 왔던 건데?"

이브리스가 그렇게 말했다.

더 이상 참을 수 없다는 것처럼.

"그렇게 소중하면, 댁이 돌봐주면 되잖아? 자기가 구했으면, 끝까지 책임을 져야──."

"그만해."

말에 화난 기색이 담겨 있는 이브리스를, 시온이 손을 들어서 제지했다.

"……저도, 할 수만 있다면 저 애들과 같이 있고 싶습니다. 저 애들의 웃는 얼굴 덕분에, 제가 얼마나 힘을 얻었는지……. 하지만, 더 이상은 무리입니다. 저 아이들을 사느라 모아둔 돈을 다 써버린 탓에, 저한테는 더 이상, 남은 돈이 없습니다."

오열을 참는 것처럼, 도무르가 말했다.

"아인인데다, 노예인 저 아이들은, 고아원에 맡길 수도 없죠. 제대로 된 일을 할 수도 없고…… 결국, 어딘가의 부자한테 파는 것 말고는, 저 아이들이 살아갈 길이 없습니다. 그렇지 않으면, 저와 같이 굶어 죽든지……."

"……큭."

입술을 깨무는 이브리스. 감정적인 상태가 돼서 안이하게 비판해버린 자신이 창피한 건지도 모른다.

시온은 상대를 똑바로 바라봤다.

"저 아이들도…… 사정은 이해하고 있는 것 같던데."

머릿속에 떠오른 것은 저택에서 봤던 알과 올의 모습.

인형 같은 무표정한 얼굴과 태도.

잘 조교 된 쓸 만한 노예──를 필사적으로 연기하던 모습.

"……슬픈 얘기입니다만, 저 아이들은 자기 운명을 받아들인 것 같습니다. 자신들이 살아남을 방법은, 노예로서 살아가는 것밖에 없다는 걸……."

"…………."

"제가 못난 탓에, 아이들한테 정말 미안할 따름입니다. 그래서, 최소한 좋은 주인을 만날 수 있게, 필사적으로 사주실 분을 찾고 있습니다만⋯⋯."

"⋯⋯사정은 알았어."

시온이 말했다.

그리고는 눈을 감고서 잠시 생각에 잠겼다. 그리고——

"음~. 이래저래 생각해보니, 역시 아깝다는 기분이 드네."

그리고는 계속해서 말했다.

어딘가 연기하는 것 같은 말투로.

"도무르. 역시 네게서 노예를 구입하도록 할게.

"⋯⋯어. 예에?!"

도무르가 깜짝 놀랐다. 옆에 있는 이브리스도 눈이 휘둥그레졌다.

"저, 정말이십니까, 터스크 경."

"그래. 거짓이 아니야."

"저, 정말 감사합니다. 그런데, 알과 올 중에 어느 쪽이십니까? 아니면 누구 다른 것을——."

"전부다."

"⋯⋯예?"

"여덟 명 전부, 내가 사들이도록 할게."

"⋯⋯⋯⋯."

놀라움을 넘어서 얼이 빠진 표정이 돼버린 도무르.

시온은 계속해서 말했다.

"하프 엘프들을 사는 김에— 도무르. 너도 지금 직업이 없다고 했으니, 내가 고용해줄 수도 있어."

"어…… 저, 저를 말이십니까?"

"그래, 네게는— 내가 구입한 아이들을 돌보는 역할을 맡기고 싶어."

"돌보는, 역할……."

"지금부터 너는, 저 아이들과 함께 이웃 나라— 아스토 공화국으로 가라."

아스토 공화국.

로가나 왕국 남서쪽에 있는 작은 나라 중에 하나다.

"아스토에는 노예 제도도 존재하지 않고, 아인에게도 관대한 나라야. 하프 엘프라고 차별받는 일은 없겠지. 하지만 고향을 떠나 다른 나라에서 살게 되면 여러모로 힘든 일이 많겠지만…… 그래도, 지금 이 나라에서 사는 것보다는 나을 거야."

"…………."

"어때?"

"……아, 그게. 죄, 죄송합니다. 도저히 정신을 차릴 수가 없어서……. 그러니까, 아스토로 가는 건 저도 생각해본 적이 없는 건 아닙니다만…… 목줄 문제가 있어서 말이지요. 노예가 허가도 없이 국경을 넘어가는 건 금지돼 있으니까."

"목줄이라면 내가 풀어줄게."

시온이 말했다.

"국경을 넘는 허가에 대해서도, 위쪽에 잘 말해둘게. 마침 기사단에 적당한 아는 녀석이 있으니까. 그 녀석한테 부탁하고, 그리고 검문소에 있는 관리한테 몇 푼 쥐여주면 출국은 어떻게든 되겠지."

"…………."

"『할 수만 있다면 저 아이들과 같이 있고 싶다』. 아까 그 말이 사실이라면, 새로운 땅에서 부디 저 아이들을 도우며 살아줬으면 해. 노예로서가 아닌, 다른 누구도 아닌 저 아이들 자신으로서 살아갈 수 있도록."

"…………."

"물론, 이건 내가 주는 일이야. 보수는 확실히 지급할게. 너희가 몇 년 정도 먹고 살 수 있는 돈은 지금 당장 주도록 하지."

거기까지 말하고, 시온은 옆에 있는 이브리스를 봤다.

"이렇게 하면, 어떨까?"

"……큭큭."

이브리스가 웃었다.

진심으로 재미있다는 것처럼.

"정말 괜찮으시겠어요, 도련님? 돈이 많이 축날 것 같은데?"

"흥. 지금 내가 가지고 있는 돈 중에 대부분은 왕실에서 받은 돈이야. 도무르나 저 아이들은 따지고 보면 이 나라의 제도나 정책의 피해자…… 그렇다면 나라의 돈으로 보장하는 것도 당연한 일이겠지."

"후후. 너무 억지로 갖다 붙인 핑계 같은데요?"

"전혀 아니라고."

놀리는 말투의 이브리스와 뚱하게 볼을 부풀리는 시온.

"……어, 어째서입니까?"

도무르도 상황을 전혀 이해하지 못한 것 같았다.

당연한 얘기겠지.

어제 처음 만난 생판 남이, 자신들에게 큰돈을 준다고 하니까.

"어째서 알지도 못하는 저희들을 위해서, 그렇게까지……?"

"으음……. 그러니까, 이쪽에도 이런저런 사정이 있어서 말이야."

이브리스의 정체에 대해서는 설명할 수도 없는 일이다.

뭐라 말해야 좋을지 고민한 시온은,

"그러니까, 뭐라고 할까…… 내가, 좋아해."

그렇게 말했다.

"알지도 못하는 남을 위해서 뭔가를 해주는걸."

그 뒤에——

시온은 마을을 떠나서 일단 저택으로 돌아왔다.

목줄을 벗기기 위해서는 전용 약품과 촉매가 필요해서, 그것을 가지러 가야만 했기 때문이다. 하는 김에 당장의 생활비로 줄 돈도 필요했다.

저택으로 돌아온 시온은 나머지 세 메이드에게 이런저런 사정에 대해 설명했다.

"흐에~ 진짜로? 그 아저씨, 사실은 좋은 사람이었어?"

이야기를 다 들은 페이나가 깜짝 놀라서 말했다.

"믿을 수가 없네. 그 얼굴은 진짜 나쁜 사람 얼굴이었는데. 악덕 노예상인 그 자체라는 얼굴이었잖아."

"사람을 겉모습으로 판단하지 마라."

시온도 일단 주의를 주기는 했지만…… 솔직히 말해서 비슷한 감상을 품고 있었다.

"뭐, 어쨌거나 잘 해결돼서 다행이야. 어떤 의미에서는 제일 평화로운 결말이잖아?"

"그러게."

노예 엘프들은 도무르한테 학대당한 것이 아니었고, 오히려 도무르가 구해준 아이들이었다.

처음 예정은 도무르한테서 노예들을 억지로 빼앗는 것이었는데, 그 뒤에 노예들을 어떻게 할지에 대해서는 생각하지 않았었다. 발신기에도 제한 시간이 있었기 때문에, 거기까지 생각할 여유가 없었기 때문이다.

하지만 도무르의 본성이 좋은 의미로 예상 밖이었기에, 뒷일에 대해 걱정할 필요도 없어졌다.

정말로—— 평화롭게 마무리돼서 다행이라고 생각한다.

"이브리스도, 꽤나 기뻐하고 있겠지요."

나기가 자기 일처럼 기뻐하면서 말했다.

"나리마님의 깊은 도량에 감명을 받고 감격하고 있을 것이 틀림없습니다."

"……과연 그럴까."

쑥스러운 탓에 애매하게 말을 흐리는 시온.

참고로 지금 이브리스는 저택에 없다.

마을에 남아서 엘프들을 챙기고 있기 때문이다.

처음에는 같이 돌아올 예정이었지만, 출발하려던 때에 엘프 아이들에게 붙잡혀버렸다.

같이 놀고 싶다고 떼를 썼기 때문에, 어쩔 수 없이 이브리스만 놔두고 오게 됐다.

"아, 그렇지. 금전 관련 건은 사후 승낙이 돼서 미안하다. 원래는 너희한테도 허가를 받아야 할 일인데."

"아~ 괜찮아, 괜찮다고. 어쩔 수 없는 일이잖아. 뭐, 조~~금 아까운 기분도 들지만 말이야~. 정말로 그냥 기부하는 것 같기도 하고."

"페이나. 나리마님이 정하신 일에 불만 갖지 마라. 주인의 금전 사정은 가신이 참견할 일이 아니다."

"시온 님이 정하신 일이라면, 저희는 그저 따를 뿐입니다."

"응~ 뭐~ 그래, 그랬지, 맞아, 그랬어."

나기와 아르셰라가 나무라자, 어쩔 수 없다는 얼굴로 납득하는 페이나.

"그런데 시온 님."

"뭐지?"

"이런 말씀 드리기 죄송합니다만…… 시온 님께서 그렇게까지 할 필요가 있는 일인가요?"

"……필요한지 아닌지 문제가 아니잖아. 직접적인 관계가 없기는 해도, 노예 엘프들은 이브리스의 과거와 관계가 있어. 그냥 방치할 수는──."

"아니, 저, 그게 아니라…… 죄송합니다. 제 말이 부족했습니다."

고개를 깊이 숙인 뒤에, 아르셰라가 계속해서 말했다.

"엘프들을 돕는 것에 대해 고언을 한 것이 아니라── 이제 곧, 도울 필요도 없어지는 것은 아닌가, 라고 생각했기 때문입니다."

"무슨 뜻이지?"

"이 나라에서는 지금『노예 해방 운동』이 왕성하게 벌어지고 있지 않습니까?"

"…………."

"이번 운동에서 특히 쟁점이 된 것은 아인 노예라고 들었습니다. 시온 님이 굳이 손을 내밀지 않으셔도, 이제 곧 그 아인 노예를 둘러싼 환경이 좋아지지 않을까요?"

"……그 운동에 대해서는."

시온은 잠시 생각한 뒤에 입을 열었다.

"솔직히 말해서─ 난 상당히 회의적이야."

"뭐……."

"자세히 아는 건 아니다 보니, 억측으로만 이야기하고 싶지는 않지만…… 그런 엉터리 운동으로 나라가 좋아질 것 같지는 않아."

턱에 손을 대고, 시온은 생각에 잠겼다

"아니…… 그냥 엉터리 정도라면 다행이지, 그건 너무나……. 그 뒤에 뭔가 다른 게 있다는 생각이 자꾸만 들어."

생각에 잠겼는데—— 그때.

왼손에 낀 반지에, 반지 모양 통신기에 반응이 있었다.

레비우스한테서 들어온 통신이었다.

마을에서 돌아오는 중에 연락을 했었는데, 상대의 상황이 좋지 않았는지 연결되지 않았다. 그 답장이 온 것 같다.

시온은 자리에서 일어나, 자기 방으로 돌아간 뒤에 레비우스와 통신을 연결했다.

『미안해 시온. 조금 바빴거든.』

"상관없어. 너도 바쁜 입장이니까."

『빈정대는 건가?』

"……뭐든지 빈정대는 걸로 받아들이지 말라고. 상대하는 내가 피곤해지니까."

『하하. 미안해, 내가 너무 얄밉게 굴었지.』

가벼운 농담을 주고받은 뒤에,

『그래서, 무슨 볼일이지, 시온?』

레비우스가 본론으로 들어가자고 재촉했다.

『네가 나한테 연락할 정도 일이라면, 그다지 좋은 예감은 안 드는데 말이야.』

"너무 경계하지 말라고. 크게 귀찮은 일은 아니니까."

시온은 이번 일의 사정에 대해 간단히 설명했다.

도무르와 노예 엘프에 대해.

그들을 아스토로 출국시킬 테니까, 국경 경비나 검문소에 있는 자들에게 잘 말해줬으면 싶다는, 그런 이야기였다.

『……넌 여전히 성인군자 같은 짓을 하는구나.』

이야기를 다 들은 레비우스가 지렸다는 것처럼 말했다.

『생전 처음 보는 사람을 위해서 그런 일까지 하다니, 정말 대단하다니까.』

"……완전히 아무 상관도 없는 관계는, 아니니까."

『응? 너한테는 아무런 상관도 없는 상대일 텐데? 관계가 있다면 그 메이드 중에 하나──「다크 엘프」여자 정도겠지.』

"이브리스와 관계있는 일은 나하고도 관계있는 일이야."

『……여전히, 정말 사이가 좋은가 보네.』

"시끄러. 신경 꺼."

놀리는 것 같은 목소리에, 시온이 발끈해서 대답했다.

『뭐, 됐고. 내가 얘기해 둘게. 다행히 최근 아스토와 우리나라의 관계가 양호하니까. 덕분에 국경 심사도 크게 엄하지는 않거든. 내가 사전에 한 마디 해두면 문제없이 통과할 수 있겠지.』

"미안해, 레비우스."

『그런 말까지 할 일은 아니니까.』

레비우스는 가볍게 말했지만, 그 뒤에,

『그나저나…… 노예, 라.』

뭔가 의미심장한 발언을 했다.

"무슨 일이 있나?"

『아니…… 그냥, 그 도무르라는 남자가 원래 있었다던 노예 상회…… 데스테아 상회라고 했었지?』

"그, 그래."

『지금 막, 그 상회에 대해 안 좋은 소문이 돌고 있거든. 아까 통신을 받지 못했던 것도, 그 일 때문에 바빴기 때문이야.』

"안 좋은 소문……?"

시온이 묻자, 레비우스는 이렇게 대답했다.

『노예 해방 운동』── 그 뒤에 숨겨진 목적이, 겨우 밝혀졌어.』

Presented by Kota Nozomi / Illustration = Pyon-Kti

Genius
Hero
and
Maid
Sister

제 5 장　전직 용사와 귀족

"……흐아~. 피곤하다."

엘프 꼬마들한테 실컷 휘둘린 이브리스는, 집 뒤에 주저앉아서 한숨을 쉬었다.

'애들은 왜 저렇게 힘이 넘치는 거지?'

고개를 들어보니, 집 주위에서는 아직도 아이들이 공을 차면서 놀고 있었다.

순진하고 무모하고, 천진난만하게 신이 나 있다.

'……평소에 도련님밖에 못 봐서, 보통 애들은 어떤지 몰랐으니까.'

마음속으로 씁쓸하게 웃었다.

시온 터레스크.

모든 면에서 규격을 벗어난 소년.

실력이나 실적은 물론이고, 성격이나 지성 면에 있어서도 평범한 소년에서 동떨어진 존재일 것이다.

이브리스가 멍하니 그런 생각을 하고 있는데,

"저……."

뒤쪽에서 누가 부르는 소리가 들려왔다.

고개를 돌려보니 머리가 짧은 엘프 소녀── 알이 있었다.

알은 불안해 보이는 눈으로 이브리스를 보면서 말했다.

"괜찮으세요? 저 아이들이, 뭔가 실례되는 짓은……."

"응? 아…… 아냐, 아냐. 괜찮아. 익숙하지 않아서, 그냥 좀 피곤해서 쉬고 있을 뿐이야."

적당히 대답하고, 이브리스는 자리에서 일어났다.

"정말 죄송합니다, 아이들 놀이 상대까지 해주시고."

"그러니까 신경 쓰지 말라고. 저런 나이에 걸맞은 애들하고 노
는 것도 꽤나 신선하고 재미있었으니까."

도련님은 나이에 하나도 걸맞지 않으니까.

이브리스는 마음속으로 그렇게 덧붙였다.

"그렇다면 다행인데……. 저기."

알이 물었다.

"터스크 경은, 왜 저희를 도와주시는 건가요?"

"…………."

"아니, 그러니까…… 무, 물론 불만은 없어요! 정말 고마운 일
이라고 생각하고 있고요! 그저…… 이유가 궁금해서."

알과 아이들 입장에서 보면── 당연한 이야기겠지.

절망의 구렁텅이에 빠져 있었는데 지나가던 부자가 아무런 보
답도 바라지 않고 도와준 것이나 마찬가지니까.

믿지 못하는 것도 무리는 아니다.

'이유라고 해봤자…… 날 위해서라고 할까, 나 때문이겠지.'

그런 말은 단 한마디도 안 했지만, 시온이 이브리스를 위해서
행동하고 있다고 봐도 틀림없을 것이다.

'……딱히── 내가 특별해서 그런 건 아닐 거야. 다른 셋이 똑
같은 상황에 처해도, 도련님은 아마 똑같은 짓을 할 테니까.'

시온 터레스크는 그런 인간이다.

"……사람이 너무 좋거든, 우리 도련님은."

이브리스가 말했다.

얼버무리려고 하는 말인 동시에, 진심에서 우러나온 말이기도
했다.

'정말…… 사람이 너무 좋다니까.'

누구보다 강하고, 누구보다 상냥한.

그것이 시온 터레스크라는 존재다.

"저기저기, 메이드 언니!"

그때, 이브리스를 부르는 목소리.

저쪽에서 놀고 있던 아이들이 이쪽으로 와 있었다.

"또 같이 놀자!"

"……그래, 그래, 알았어. 정말이지, 어쩔 수 없네."

귀찮다는 소리를 하고 있으면서도, 그 표정은 왠지 부드러웠
다.

'가끔씩은 괜찮네, 이런 것도.'

애들과 노는 것도 나쁘지 않다.

상대가── 자기 때문에 살 곳을 잃어버린 아이들이라고 생각
하니 자꾸만 복잡한 생각이 들기도 했지만, 그래도.

그래도 왠지, 뭔가를, 보답받는 것 같은 기분이 들었다.

용서받는 것 같은 기분이 들었고.

"메이드 언니 머리카락, 하얗고 예쁘다."

문득, 아이 한 명이 중얼거렸다.

"살도 꿀 색인 게, 왠지──『다크 엘프』 같아."

그건 아마도, 어린아이다운 순진한 감상이겠지. 악의도 야유도 다른 의도도 없는 솔직한 감상을 입에 담았을 뿐.

이브리스는 순간적으로 마음이 차가워지는 기분이 들었지만, 그것은 말 그대로 한순간의 일이었다.

하지만——

"얘, 얘가! 무슨 소릴 하는 거야! 언니한테 실례잖아!"

알이 바로 큰 소리를 내서 아이에게 주의를 줬다.

그리고는 이브리스에게 고개를 숙였다.

"죄송해요, 얘가 실례되는 소리를……. 싫으시겠죠, 『다크 엘프』 같다는 말을 들으면……."

"……아냐, 괜찮아. 신경 쓰지 않아도 돼."

이브리스는 담담하게 말했다.

마음은 신기할 정도로 평온했다. 화가 나지도 않았고 슬프지도 않았다. 아주 당연한 취급으로서 받아들일 수 있었다.

하지만,

"역시 『다크 엘프』를 원망하고 있는 거야?"

어느새, 입에서는 그런 말이 튀어나오고 있었다.

"예?"

"뭐…… 당연한 일이겠지. 너희들은 바보 같은 『다크 엘프』 때문에 고향을 잃어버렸으니까."

"저기…… 솔직히, 잘 모르겠어요."

알이 망설이는 목소리로 말했다.

"저는 어머니한테 『다크 엘프』 때문에 엘프 마을이 멸망했다는 얘기를, 들었을 뿐이에요. 그 사람이 일으킨 눈보라가 마을을 덮쳤을 때, 마을 바깥쪽에 살던 어머니는 간신히 숲 바깥까지 도망칠 수 있었다는 것 같지만…… 그 뒤에는 인간들 나라에서, 엄청나게 고생했다는 것 같고요. 그래서…… 아마도 어머니는, 원망했을 것 같아요. 원망하면서, 돌아가셨을 것 같고요."

"…………"

"하지만 저는…… 제가 직접 본 것도 아니니까, 솔직히 말해서, 어떻게 원망하고 미워해야 할지 몰라서……."

그리고, 라면서 계속 말했다.

"『다크 엘프』가 마을을 덮치지 않았다면, 아마도 어머니는 평생 동안 마을에서 살았겠죠…… 그랬다면 인간 아버지를 만나지도 않았고, 하프 엘프인 제가 태어나지도 않았을 테고요. 그렇게 생각하면…… 왠지 전부 부정하는 것도 아니라는 기분이 들어서요."

"…………"

"『다크 엘프』는, 아마도 나쁜 놈이었겠지만…… 전 그냥, 별생각이 없다고 할까…… 죄송해요. 왠지, 알아듣기 힘든 대답이라서."

"아냐…… 충분해."

이브리스가 말했다.

이쪽의 정체를 모르기 때문에 말할 수 있는 기탄없는 의견.

그것은 아주 심하게, 마음속 깊은 부분을 찔렀다.

그리고 그 때.

"──세상에! 그게 무슨 말씀이십니까?!"

갑자기, 곤혹스러워하는 고함소리가 들려왔다.

마을 입구 부근.

도무르가── 기사단 사내들에게 둘러싸여 있었다.

"못 알아들었나? 여기 있는 하프 엘프들을── 전부 우리에게 넘기라고 했다."

거만하게 말하는 것은 집단의 부대장으로 보이는 사내.

둥근 얼굴에 중간 체격, 중간 키다.

귀를 기울여서 들어보니 주위에 있는 자들이 그 남자를 『엘단 대장』이라고 부르는 것 같았다.

'엘단…… 분명히.'

이브리스의 머릿속에 떠오른 것은 얼마 전 바탐에서 장 볼 때.

『노예 해방 운동』이라는 운동을 하고 있던 단체.

그들이 들고 있던 종이와 팻말에 그 이름이 적혀 있던 기분이 든다.

카밀 발라 엘단.

운동의 대표라고 하는 사내의 이름이다.

"이런이런, 바탐에서 들었던 소문이 사실이었을 줄이야."

"소, 소문……?"

"이 마을에, 최근에 노예 하프 엘프를 여럿 데리고 다니는 남자 가 살고 있다는 소문이다. 게다가 설마, 데스테아 상회의 상인일 줄은 상상도 못 했군."

고압적인 말투로 말했다.

"도무르여. 데스테아 상회에서는── 아인 노예에 관해서는 전 부 처분하라는 명령이 내려졌을 텐데?"

"아, 예…… 그래서 제가, 전부 사비로 구입했고, 상회에서도 나왔습니다만……."

"뭐라고오? 네놈, 제정신이냐? 노예한테 정이라도 들었다는 것이냐? 아니면…… 그런 취향인가? 후후, 후하하하!"

카밀은 더 이상 참을 수 없다는 것처럼 웃음을 터트렸고, 주위에 있는 부하들도 같이 웃었다.

노예에게 감정이입 해버린 노예 상인을, 실컷 비웃었다.

"뭐, 됐고. 어쨌거나── 말단까지는 지시가 제대로 전해지지 않았던 것 같군. 정말이지, 아인 노예는 꼭 『특별한 처분』을 하도록 지시를 내렸을 텐데……."

혼자서 뭐라고 중얼거린 뒤에, 카밀은 뒤에 있는 사내들에게 지시를 내렸다.

"이봐, 끌고 가라. 하나도 남기지 말고."

남자들이 카밀의 지시에 따라 움직이기 시작했지만, 도무르가 필사적으로 그들 앞을 가로막았다.

"기다려 주십시오! 어, 어디로 데려가실 생각이십니까?!"

"흥. 모르는 게 좋을 수도 있을 텐데? 이런 지저분한 아인 놈들 편을 들고 있다면, 더더욱 그럴 테고."

"세상에……. 에, 엘단 부대장님은 『노예 해방 운동』의 선두에 서신 분이 아니셨습니까? 당신은, 노예와 아인들의 인권을 인정하고, 그들과 저희가 평등하게 살 수 있는 평화로운 세상을 목표로 하는 게……?"

"…………픕. 후, 후, 후하하하하하하!"

한순간 깜짝 놀란 뒤에, 카밀은 입을 크게 벌리고 웃었다. 그의 부하들도 똑같이 웃음을 터트렸다.

"하하하, 하하…… 아~ 정말 우습군. 그래, 그렇군, 넌 그렇게까지 말단이었나. 상회에서 아무 말도 못 들었나 보군."

사람 좋아 보이는 둥근 얼굴을 추악하게 일그러트리고, 카밀이 말했다.

"아인이나 노예가 우리와 평등? 그런 웃기지도 않는 세상이 있을 것 같나. 인간 이하의 쓰레기가 이 몸과 평등하게 살겠다니, 그것이야말로 지극히 불평등한 헛소리다."

조롱과 모멸의 말을 토하면서, 발을 들어서 도무르를 걷어찼다.

쓰러진 도무르를, 카미르는 정말로 우습다는 것처럼 바라봤다.

"난 말이야, 정말 싫단 말이다, 아인이라는 존재가. 노예로서 존재하는 자체가 구역질이 날 정도로."

저택의 방에서——

『——시온. 너라면 어느 정도 불신감을 품고 있었겠지? 그 너무나 수상한 「노예 해방 운동」에 대해서.』

"……그래."

시온은 묵직하게 고개를 끄덕였다.

"그들의 행동과 이념은 좋은 소리만 늘어놓는 상황일 뿐이고 그다지 구체적인 뭔가가 없어. 노예의 해방이나 평등을 주장하는 건 좋지만…… 그 이후의 일에 대해서는 아무것도 생각하질 않고 있지."

노예를 해방한다.

차별을 철폐하고 노예들을 자유로운 세계로 날아오르게 한다.

그것은── 말만 들으면 훌륭한 이야기처럼 들린다.

하지만.

실제로는 단순한 이상론.

탁상공론 같은 이야기에 불과하다.

어제까지 노예였던 자에게 오늘 당장 갑자기 『노예를 그만둬라』고 말한다면── 그자는, 대체 어떻게 해야 좋을까?

어제까지는 명령만 들으면 밥을 얻어먹을 수 있었는데, 오늘부터는 자기 힘으로 일을 찾아야만 한다. 하지만 노예 제도가 없어졌다고 해도, 노예였던 자를 새로 고용해줄 경영자는 없을 것이고.

시내가 노예 출신 부랑자로 넘쳐날 것이 눈에 훤히 보인다.

게다가 로가나 왕궁에서는 노예의 신분을 보장하는 최소한의 법률은 존재한다. 아무리 노예라고 해도 비인도적인 학대나 방치는 용납되지 않는다. 식사를 주지 않아서 굶겨 죽이거나, 심하게 괴롭혀서 사망하게 만들기라도 하면, 소유자는 그에 상응하는 처벌을 받게 된다.

하지만── 노예 제도가 없어지면.

노예를 지켜주는 법률도 없어지고── 노예였던 자들을 지켜주는 자도 없어질 것이다.

원래 노예라는 것은, 어디에도 갈 곳이 없기 때문에 노예가 돼버린 자들이 대부분이다.

그런 이들이 노예를 그만둔다고 해도, 과연 어디로 가야 좋을까.

물론 그중에는 강인한 정신을 지니고, 족쇄에서 해방된 팔과 다리로 새로운 인생을 개척하는 자도 있을 것이다.

하지만.

그런 힘을 지닌 자는, 틀림없이 소수에 불과하다.

노예 제도는 악.

노예 제도 철폐는 선.

그런 간단한 이분법으로 논할 수 있는 문제가 아니다――

"생각 없는 선행 놀이는 귀족의 취미 중에 하나지. 이번에도 일부 귀족의 변덕이라고 생각하기는 했는데…….”

『실제로 참가한 놈들 대부분이 그런 상황이야. 약자에게 손을 내밀고 있는 자신에게 심취했을 뿐인, 아주 바보 같은 놈들이지. 하지만―― 이 운동을 시작한 놈들은, 무서울 정도로 시커먼 것들이었어.』

레비우스는 혐오감이 밴 목소리로 말했다.

『중심에 있는 놈들은…… 카밀 발라 엘단을 필두로 하는, 극단적인 아인 차별주의자들이다.』

"아인, 차별주의자……?"

『카밀과는 같은 귀족이기도 하다 보니 예전부터 몇 번인가 얼굴을 마주친 적이 있어. 그놈은 예전부터, 정말 끔찍하게 아인을 싫어했거든. 그런 놈이 노예 해방 운동 같은 걸 시작하다니, 대체 무슨 심경의 변화인가 싶었는데…… 역시 아니었어. 그놈은 옛날부터 하나도 변하지 않은 차별주의자일 뿐이야.』

"……그런가. 그런 뜻이었나."

조금 생각한 끝에, 시온은 납득했다는 말을 토했다.

『어이쿠. 벌써 다 눈치챘나. 이해가 빨라서 다행이야.』

"그래, 알고 싶지 않은 뒷사정이었지만."

시온은 말했다.

"원래 이 나라에서는 전쟁이 끝난 뒤로 노예의 수요가 하락했지. 귀족들은 노예를 사들이지 않게 됐고, 노예의 가격은 계속 떨어졌다. 노예 상회는 경영이 힘들어졌고, 팔리지 않는 노예 재고를 끌어안게 됐지."

『그런 상황에서 「노예 해방 운동」 같은 게 벌어지기라도 하면 어떻게 될까……? 답은 간단하지. 더더욱 안 팔리게 되고, 상회의 경영은 더 힘들어지고── 그리고, 재고 노예를 처분하기 시작한다. 인기가 없는 아인 쪽부터.』

"그게……『노예 해방 운동』의 목적인가."

너무나 끔찍한 이야기라서 구역질이 나려고 했다.

『노예 해방 운동』── 노예의 해방을 주장하고 있지만, 그 목적은 정 반대.

목표는, 노예의 살처분.

이 나라에서는 노예에게 최소한의 권리를 보장해주고 있다. 소유한 자는, 상대가 아무리 노예라고 해도 함부로 처형하는 것은 용납되지 않는다.

하지만── 상회만은.

노예 상회만은 재고 처리가 묵인되고 있다.

그것을 인정하지 않으면 노예 상회라는 것을 꾸려나갈 수가 없으니까.

경영을 압박하는 상품을 처분하는 것은, 경영을 위해 어쩔 수 없다는 판단이라고 위쪽에서도 허락해준다.

"이…… 무슨, 추악한 짓을……! 노예의 목숨을 뭐로 여기는 거야……!"

미운 자를 죽이고 싶다.

싫어하는 자를 죽이고 싶다.

하지만── 자기 손은 더럽히기 싫다.

그 빙 돌아가는 끔찍한 수법은, 시온이 지금까지 몇 번이나 봐왔던, 인간 특유의 수법이다.

『그놈들의 목적은 국내의 아인 노예 말살, 또는 국외 추방이 틀림없겠지. 처음부터 복수의 노예 상회와 뒤쪽에서 줄이 연결돼 있었다는 것 같아. 게다가 단순히 죽이는 게 아니라, 좋은 돈벌이도 생각해낸 것 같고.』

"……뭐?"

『상회가 아인 노예를 죽인 것으로 해두고, 그대로 외국에 있는 비합법 연구 기관에 팔아넘길 계획도 있는 것 같아. 노예가 아닌, 노예 이하의 연구 재료로. 아인 노예는 수요가 떨어졌지만…… 인체 실험 재료라면 얘기가 달라지지.』

"…………."

『아인을 연구 재료로서 외국에 팔아넘길 루트를 찾아낸 게—— 그 카밀이지. 그놈은 싫어하는 아인을 줄이는데다, 중개 수수료로 자기 잇속도 채울 최고의 사업을 생각해낸 거야—— 하지만, 여기까지 와서 조금 문제가 생긴 것 같거든.』

"문제……? 설마——."

『그래.』

레비우스가 말했다.

『데스테아 상회에서의 문제야. 상회 대표와 카밀이 하프 엘프 아이들을 외국에 팔아넘길 계획을 꾸미고 있는데—— 정신 나간 상인 하나가, 처분될 예정이었던 노예들을 사들이고 말았지.』

카밀 발라 엘단.

그는 노예를 싫어했다.

그중에서도 특히 아인 노예를.

이유 따위는 없다.

그냥 괜히—— 마음에 안 들었다. 인간도 아닌 주제에 인간의 나라에서 살고 있는 것이 너무나 화가 났다.

귀족으로 태어난 자신과는 신분이 전혀 다른 존재—— 그래서 아무리 무시하고 돌을 던져도 잘못된 일이 아니다.

죽여도 문제없다.

왜냐하면 놈들은 추악하고 열등한 존재니까.

없어지는 쪽이 이 나라가 깨끗해지는 길이다.

그것이── 카밀의 가치관이었다.

철이 들었을 무렵부터, 부모와 주위 어른들에게 그렇게 배워왔다.

──자신들은 귀족이라는 고귀한 존재고, 다른 유상무상과는 다르다.

──아인은 마족의 피가 섞인 더러운 존재.

엘단 가문의 사람들은 하나같이 그런 가치관을 지녔고, 그래서 카밀 또한 필연적으로 같은 가치관을 지니게 됐다.

그 자신이 아인으로부터 어떠한 피해를 본 적은 없다.

게다가 거의 관련된 적도 없다.

만난 적도 없고 말을 나눈 적도 없다.

그런데도 카밀은 아인을 싫어했다.

그런 환경에서 살아왔기 때문에, 그렇게 자라고 말았다──

"이…… 무슨……."

그런 카밀이 지금── 경악과 공포 때문에 얼굴이 일그러져 있었다.

'무슨 일이, 일어난 거지……?! 어째서, 이런 일이──.'

이럴 리가 없었다.

바탐 시내에서 『노예 해방 운동』 강연회를 마친 뒤에, 하프 엘프 노예가 있다는 소문을 들었다.

데스테아 상회에서 없어진 노예일지도 모른다는 생각에 이 마을까지 와봤더니, 아니나 다를까.

그래서 부하들에게 회수하라는 명령을 내렸다.

데스테아 상회에 있던 하프 엘프들은 이미 넘길 상대가 정해져 있다. 외국에 있는 비합법 연구기관. 선금도 받아뒀다. 이제 와서 없어졌다고 넘어갈 수 있는 일이 아니다. 찾아서 정말 다행이다. 자, 도무르라는 사내에게는 화풀이로 어떤 벌을 내려줄까—— 등 등.

그런 안도와 불안을 맛보면서, 서둘러 회수하려는 부하들을 지켜보고 있었는데.

거기서—— 예상치 못한 사태가 벌어졌다.

여자가.

메이드복을 입은 갈색 피부의 여자가, 눈 깜박할 사이에 부하 하나를 기절시켰다. 주먹으로 턱을 때려서 실신하게 만든 것이다.

다른 자들이 당황해서 칼을 뽑았지만—— 너무 늦었다.

메이드 여자는 인간을 초월한 것 같은 움직임으로, 기사단원들을 차례차례 쓰러트렸다.

내리치는 검을 간파하고, 최소한의 움직임으로 인체의 급소에 주먹을 찔러 넣는다.

열 명이나 있던 카밀의 부하들은, 일 분도 안 돼서 전부 기절하고 말았다.

"……사정은 잘 모르겠지만 말이야아."

여자는 주먹을 건들건들 흔들면서, 서서히 카밀에게 다가왔다.

조용한 말투였지만, 거기에는 확실한 분노가 담겨 있었다.

"네놈들이 나쁜 놈들이라고 생각해도 될 것 같거든."

"……히, 히이익."

날카로운 눈빛으로 노려보자, 카밀은 자기도 모르게 엉덩방아를 찧고 말았다.

기사단 부대장쯤이나 맡고 있는 카밀이지만, 전투능력은 변변치 않았다.

게다가 최근에는 정치 활동에만 힘을 쏟은 탓에 거의 단련도 하지 않았다. 허리에 차고 있는 칼은 거의 일 년 동안 잡아보지도 않았을 것이다.

둔해질 대로 둔해진 육체와 정신은, 여자에게서 흘러나오는 분노의 기운에 압도당하고 말았다.

"뭐, 뭐, 뭐냐 네놈은?!"

카밀은 공포를 뿌리치려는 것처럼 소리쳤다.

"이, 이 몸이 누구인지는 아느냐! 카밀 발라 엘단이시다! 엘단 가문의 차기 당주이자, 언젠가는 이 나라의 중추를 떠맡을 사내다!"

"몰라."

"뭐라고……?! 엘단 가문을 모른단 말인가?! 이 나라에서 열 손가락…… 아니, 다, 다섯 손가락 안에 들어가는 명문 귀족인데?! 내 아버지와 조부가, 이 나라에 얼마나 큰 이익을 가져다줬는지 모르는 것이냐?!"

"그러니까, 모른다고."

"큭…… 이 못 배워먹은 쓰레기 같으니! 이래서 배우지 못한 서

민이나 노예는 싫단 말이다! 자신들의 어리석음을 자각하지도 못하고, 우리 귀족이 얼마나 고귀하고 우수한지를 이해하지 못하니까! 우리 귀족이 과거에 이 나라를 위해 얼마나 공헌했는지도 몰라! 우리 조상의 은혜를 받으면서도, 그 핏줄을 이어받은 내게 경의도 표하지 않는다니, 이게 무슨 일인가! 부끄러운 줄을 알아야지!"

"……하아~ 말 같지도 않은 소리를."

아무리 분노에 찬 말을 외쳐도, 상대 여자는 주눅이 들 기색조차 보이지 않았다.

오히려 정말로 시시한 생물을 보는 것 같은 눈으로 카밀을 내려다봤다.

"까, 까불지 마라…… 뭐냐, 그 눈은……?!"

"뭐, 됐고. 일단 재워두면 되겠지. 어떻게 할지는 나중에 도련님한테 물어보면 되니까."

별 관심도 없다는 것처럼 말하면서, 여자가 점점 더 다가왔다.

"크, 크윽……!"

카밀의 마음을 가득 채우고 있는 것은 영문 모를 여자에 대한 공포── 가 아니라, 불손한 서민에 대한 분노였다.

귀족도 아닌 메이드 나부랭이가 자신에게 경의를 표하지 않는다.

게다가 내려다보고 있기까지.

카밀에게는 그것만으로도── 격노하기에 충분했다.

"……우, 우, 웃기지 마라아아아아아아아!"

격분한 목소리와 함께 카밀은 품 안에 손을 집어넣었다.

꺼낸 것은── 육각기둥 모양의 수정.

안에서는 시커먼 무언가가 꾸물거리고 있다.

카밀은 그것을, 주저하지도 않고 땅바닥에 팽개쳤다.

'저건…… 봉수정인가?'

카밀이 꺼낸 물건을 보고, 이브리스의 눈이 휘둥그레졌다.

봉수정.

봉인 술식을 걸어놓은 결정체로, 내부에 마물을 봉인할 수 있다.

작성하는 데는 상당히 고도한 기술이 필요해서 인간 사회에서는 상당히 비싼 물건인데, 현대의 기술로는 그렇게까지 강한 마수를 봉인할 수는 없다.

그런데──

'뭐, 뭐야…… 이 마력은……?!'

깨진 수정에서는 영문을 알 수 없는 마력이 흘러나왔고, 대기 속에 가득 채웠다.

동시에─ 격렬한 썩은 내.

시궁창을 졸여서 진액으로 만든 것 같은 악취가, 콧구멍으로 들어와서 강렬한 불쾌감을 줬다

"…………."

이브리스는 코를 막으면서 자세히 쳐다봤다.

수정 속에 들어 있던 시커먼 무언가는, 지면에 흘러 떨어져서

검은 물웅덩이를 만들고 있었다. 순수한 검은색이 아니라, 온갖 불순물이 뒤섞인 결과 시커먼 색으로 보이는 것 같은──

더러운 다갈색의 구정물.

하지만 마침내── 그것이 증식했다.

폭발하는 것처럼 질량이 늘어나고, 꿈틀댄다.

나타난 것은 갈색과 검은색이 뒤섞인, 집을 집어삼킬 정도로 거대한 구정물 덩어리.

처음에는 구체에 가까운 모양이었지만, 거기서 수많은 촉수가 뻗어 나왔다.

누가 봐도 오싹한 기분이 들게 만드는 점액질의 괴물이 나타난 것이다.

"뭐, 뭐야, 이놈은……?!"

깜짝 놀라서 중얼거리는 이브리스.

오랫동안 마계에서 살았던 이브리스지만 이런 마수는 본 적이 없다.

그래도── 알 수 있었다.

경험과 본능을 통해서 지각할 수 있었다.

이 구정물 괴물이, 엄청난 마력을 지니고 있다는 것은──

슝, 하고.

촉수 하나가 이브리스를 덮쳤다.

"──쳇."

이브리스는 바로 그것을 회피.

그리고 마력을 담은 손날 치기로 길게 뻗은 촉수를 절단했다.

하지만—— 의미가 없었다.

잘려나간 촉수는 바로 재생돼버렸다.

이어서 두 번째, 세 번째 촉수가 덮쳐왔다.

"젠장, 기분 나쁜 놈이네——?!"

조금 전과 마찬가지로 공격을 회피하려고 했지만, 뭔가가 발을 잡아당겨서 움직임이 멈췄다.

조금 전에 잘라낸 촉수가, 마치 의지를 가진 것처럼 꿈틀거리면서 이브리스의 발에 감겨 있었다.

"……윽, 아아악!"

회피 행동을 방해당한 이브리스는, 촉수의 공격을 제대로 얻어맞고 말았다.

반사적으로 만들어낸 마력 장벽으로 막아냈지만, 그 위력이 너무나 엄청나서 멀리 날아가버리고 말았다.

"……후, 후하하하! 대단해, 대단하구나!"

날아간 이브리스를 보면서, 카밀은 희열에 찬 표정을 지었다.

"꼴 좋구나. 메이드 나부랭이가 분수도 모르고 까부니까 그런 꼴을 당하는 것이다. 후후, 흐하하하!"

큰 소리로 웃으며, 진흙 같은 생물을 올려다봤다.

"크크크. 이놈을 사길 잘했군. 비싸기는 했지만 제값을 하고 있어."

너무나 즐거워서 미칠 지경이라는 것처럼,

"자, 가라! 저 여자를 더 괴롭혀서, 신분 차이를 가르쳐주도록 해라!"

그렇게, 카밀이 명령했다.

하지만—— 진흙 생물은 움직이지 않았다.

촉수를 허공에 띄워두고 있을 뿐.

의지나 지성이 느껴지지 않는, 원시적인 움직임이었다.

"……으음. 이봐, 뭘 하고 있나? 빨리해라! 널 사는데, 대체 얼마가 들었는지는 아——?!"

다음 순간.

촉수가—— 카밀을 덮쳤다.

수많은 촉수가 중년 남성의 몸에 감기고, 그를 들어 올렸다.

"헥…… 뭐. 으아…… 머, 멈춰라! 뭐, 뭘 하려는 거냐!? 내가 아니다, 내가 아니라, 저쪽에 있는 여자를…… 윽, 컥, 익…… 끼아아아아!"

단말마의 비명과 함께, 몸속에서 둔한 소리가 났다.

카밀의 온 몸에 있는 뼈가 부서지고 내장이 뭉개지는 소리였다.

그 뒤로는 힘으로 카밀의 몸을 접어서 작게 뭉친 뒤에, 진흙 덩어리 같은 구체 속으로 집어 넣어버렸다. 지저분한 진흙에 뒤섞여서, 카밀의 몸은 금세 보이지 않게 돼버렸다.

그 광경을 보고 있던 이브리스는, 토할 것 같은 기분을 맛보면서 이해했다.

지금 그건—— 틀림없이 포식이었을 거라고.

악의도 적의도 없이, 반사적으로 행하는 파괴 활동.

생태계의 상위자가 보여주는, 단순한 식사 풍경이었다.

Presented by Kota Nozomi / Illustration = Pyon-Kti

Geniu
Hero
and
Maid
Siste

제6장

전직 용사는 신을 뛰어넘는다

그 어디도 아닌 장소——

"저걸 귀족 사내에게 건넨 것은, 너인가?"

"맞아."

이터너의 물음에, 노인은 간단히 고개를 끄덕였다.

"상인으로 변장해서 비싼 값에 팔아넘겼지."

"네가 인간의 화폐 따위를 받아서 어쩔 셈이냐?"

"물론 난 돈 따위는 필요 없어. 하지만 부자라는 건 재미있는 생물이라서 말이야, 싼 것보다 비싼 물건 쪽이 더 팔기 쉽거든. 항상 싼 것은 나쁜 것이라는 생각을 하고 있어서."

"호오. 뭐 그건 그렇다 치고…… 저걸 건넨 것에 무슨 의미가 있지?"

이터너가 말했다.

"네가 준비한 저것은 틀림없이 경이적인 존재다. 인간계에 풀어놓으면 나라 하나 정도는 멸망시킬 수도 있다."

하지만, 이라고 하고는 계속해서 말했다.

"시온 터레스크에게는 상대도 안 되겠지."

"…………."

"오히려 딱 맞는 상대라고도 할 수 있다. 지금의 시온 터레스크에게 있어, 이보다 쓰러트리기 쉬운 상대도 없겠지. 아니, 굳이 그가 손을 쓰지 않더라도 『사천여왕』 선에서 어떻게든 할 수 있는 수준이다."

"…………."

"간섭이라고 하기에는 너무나 무의미한 것이 아니었나?"

"그렇기, 때문이야."

노인이 말했다.

입가에 의미심장한 미소를 드리우고.

"뭐, 보고만 있으라고. 시온 터레스크는 틀림없이 내 생각대로 움직여줄 테니까."

그리고 그들은.

그 어느 곳도 아닌 곳에서 일이 어떻게 돌아가는지를 지켜봤다.

"……빌어먹을."

지저분한 말을 내뱉은 것과 동시에, 입에서 피를 토해냈다.

이브리스는—— 고전하고 있었다.

전투가 시작된 뒤로 대략 3분.

진흙 같은 생물은 여전히 그 형상을 유지하고 있다.

대미지는 전혀 입지 않았다.

이브리스의 공격이 전혀 통하지 않았다.

물리 공격은 당연하다는 듯이 무효화. 화염이나 벼락 마술로 공격해봤지만, 잠시 몸이 뜯겨 나갈 뿐이고, 바로 재생해버린다.

정말로 진흙 덩어리 그 자체인 것 같은 생명체였다.

반면.

상대의 공격도 그렇게까지 위협적이지는 않았다. 공격 속도는 간파할 수 있을 정도라서 회피가 가능했다. 아까는 몰랐기 때문에 발을 붙잡히고 말았지만, 일단 경계하기 시작하면 같은 방법은 통하지 않는다. 발에 감겼던 촉수도 마력을 집중하면 태워서 잘라낼 수 있었다.

온갖 공격을 무효화하는 방어력은 위협적이지만── 전투능력 자체는 대단할 것 없다.

예전에 『사천여왕』이라 불렸던 이브리스라면, 충분히 대처할 수 있는 상대였다.

그렇다.

이브리스가── 혼자라면.

"……이봐! 빨리 도망쳐! 뒷덜미를 붙잡아서라도 전부 끌고 가라고!"

뒤쪽을 돌아보며, 이브리스가 소리를 질렀다.

이브리스의 등 뒤에는── 하프 엘프 아이들이 있다.

카밀이 괴물에게 잡아먹힌 직후, 이브리스가 바로 도망치라고 했지만, 그렇게 쉽게 풀리지 않았다.

아직 어린아이들이 끔찍한 괴물의 마력을 접하고는, 울음을 터트리고 그 자리에 주저앉고 해버렸기 때문이다.

도무르와 알, 올이 필사적으로 작은 아이들을 데리고 가려 했지만, 마음대로 되지 않아서 고생하고 있다.

결과.

이브리스는 뒤에 있는 자들을 지켜야 하기 때문에 적의 공격을 피할 수도 없어서, 계속 자기 몸으로 받아내는 수밖에 없었다.

'……아무래도 이놈한테는, 제대로 된 지성은 없는 것 같은데.'

아픈 몸을 견디면서, 이브리스가 생각했다.

'아까, 하늘에 날아가던 새를 잡아먹었어……. 움직임과 체온을 감지하고, 반사적으로 움직이는 것뿐이겠지.'

예를 들자면, 식충식물에 가까운 움직임일 것이다.

악의도 의도도 없이, 그저 반사적으로 사냥감을 잡아먹고 있을 뿐이다.

'어떻게 해야 하지……? 내 공격이 하나도 안 먹히면 상대할 방법이 없는데 말이야.'

궁지에 몰린 상황이었지만, 그래도 이브리스는 필사적으로 생각했다.

지성이 없는 괴물을 어떻게든 할 방법을.

그리고, 뒤에 있는 자들을 지킬 방법을——

"…………"

아니.

사실은—— 처음부터 딱 하나, 간단한 방법을 떠올리고 있었다.

제일 먼저 떠올린 방법을 의식 밖으로 몰아내려 하고 말았다.

이쪽의 공격 수단이 전부 통하지 않는—— 것은 아니다.

이브리스에게는 아직 시험하지 않은 공격이 있다.

『다크 엘프』.

숲을 죽이는 동결의 힘.

이브리스가 태어나면서부터 지닌 힘을 해방하면 눈앞에 있는 괴물을 어떻게든 할 가능성은 상당히 높다.

그 어떤 공격도 무효화해버리는 액체 생물―― 그것을, 얼음의 힘이라면 어떻게든 할 수 있을지도 모른다.

파괴하는 건 불가능하더라도 얼음 덩어리로 만들어서 전투 속행을 막는 정도는 가능할지도 모른다.

게다가 이브리스의 빙결 마술의 위력은―― 규격을 벗어났다.

조금 전부터 화염이나 벼락을 이용한 공격을 시도하고는 있지만, 그런 것들은 이브리스의 전문분야가 아닌 힘. 태어나면서부터 지닌 힘을 해방한 이브리스의 빙결 마술은, 온갖 산 것들의 생명 활동을 제지한다.

힘을 해방하면, 승산은 있다.

"……큭."

『다크 엘프』의 힘을 해방하려면, 원래 모습으로 돌아가야 한다.

본래의 모습으로 돌아가야만 한다.

귀가 길어지고, 모든 것을 얼어붙게 만드는 냉기 마력을 그 몸에 둘은, 끔찍한 얼음의 여왕으로.

그렇게 되면 당연히―― 뒤에 있는 하프 엘프 아이들도 눈치를 채겠지.

이브리스의 정체가, 엘프 마을을 멸망시킨『다크 엘프』라는 사실을――

그렇게 되면 당연히 하프 엘프들은 겁먹고, 무서워하고, 두려워하는 눈으로 이브리스를 보게 될 것이다.

시온 덕분에 겨우 미래를 살아갈 수 있게 된 아이들에게, 과거의 트라우마를 다시 심어주게 된다.

그것만은 죽어도 피하고 싶다──

'……아니.'

아니다.

사실은 그게 아니다.

상대를 위해서가 아니다.

다른 누구도 아닌 이브리스 자신이── 무섭기 때문이다.

무섭다.

하프 엘프 아이들이, 두려움에 찬 눈으로 자신을 보는 게 무섭다. 조금 전까지 자신을 보며 웃어줬던 아이들이, 괴물을 보는 것 같은 눈으로 쳐다보는 것이 무섭다.

자신의 정체가, 고향을 멸망시킨 괴물이라는 사실이 들키는 것이──

"……뭐?!"

이브리스는 고뇌했지만, 지성이 없는 적은 그녀의 갈등을 고려해주지 않았다.

풀과 꽃들이.

주위에 피어 있는 풀과 꽃이, 서서히 말라가고 있었다.

'이런…… 이건 썩은 내 수준이 아니잖아. 독기의 영역에 도달해 있어.'

구정물이 썩은 것 같은 냄새를 내뿜는 진흙 상태의 생물.

계속 주위에 뿌려대고 있던 악취가── 서서히, 보다 끔찍한 것으로 변모해가고 있었다.

단순한 썩은 내가 아니라, 접한 자를 썩게 만드는 독기로 변해가고 있다.

이브리스는 전투가 시작된 뒤로 계속 숨을 멈추고 있고, 원래 강대한 마력을 몸에 두르고 있기 때문에 독기에 당할 일도 없다.

하지만.

뒤쪽에 있는 아이들이나 도무르에게는 독기에 대한 내성 같은 게 있을 리가 없다.

이대로 가면 피할 수 없는 범위 공격에 의해 아이들이 피해를 입게 될 것이 분명하다.

까딱하면, 죽을지도──

절체절명의 상황에서 이브리스는,

"……훗. 하하하하!"

웃었다.

입을 크게 벌리고, 뭔가를 떨쳐낸 것처럼 웃었다.

"아~ 진짜. 정말이지…… 진짜 멍청하다니까. 이 상황에 와서도── 아직까지도 내 체면이나 생각하고 말이야."

빈정대는 것처럼 말했다.

앞을 바라보고 있는 눈동자에는── 각오를 다진 기색이 깃들어 있었다.

직후.

이브리스의 육체에서 차가운 마력이 흘러나왔다.

극한의 냉기가 이브리스를 중심으로 소용돌이치고, 대기를 얼어붙게 만들었다.

　문득.

　뒤쪽에서 추워, 라는 어린아이의 목소리가 들려왔다. 잠깐 뒤를 돌아봤더니 엘프 아이들이 하나같이 불안해하는 눈으로 자신을 보고 있다.

　겁먹었다.

　떨고 있다.

　극한의 냉기와, 모습이 변하기 시작한 이브리스 때문에——

　'……당황하지 마. 내 주인은 시온 터레스크라고.'

　아주 잠깐 약한 쪽으로 기울었던 마음을 필사적으로 다잡았다.

　자신의 주인을 떠올려서.

　'계속 봐왔잖아. 누구한테 미움을 사도, 누가 멸시해도, 누가 두려워해도, 그래도 지키고 싶은 것을 위해서 계속 싸워왔던 남자를……!'

　과거에는 적으로서.

　지금은 섬기는 주인으로서.

　계속 그 소년을 봐왔다.

　누구보다 상냥하고 누구보다 강한, 최강이자 최고의 용사를.

　그래서 지금—— 이브리스도 각오를 다졌다.

　자신이 섬기는 주인과 마찬가지로, 지키고 싶은 이를 위해 싸운다.

　"……죽여 버리겠어."

　등줄기가 얼어붙을 것 같은 마력이 이브리스의 온몸을 감쌌다.

하얀 머리카락에는 얼어붙은 백은색 빛이 깃들고, 날카로운 눈빛
에는 절대 영도의 살기가 깃들었다.

이브리스는.

『다크 엘프』로서의 힘을 완전히 해방——

"무리하지 않아도 돼, 이브리스."

——하기 직전.

귀에 익은 목소리가 들려왔다.

그 직후에—— 수많은 참격이 대기를 갈랐다.

진흙 괴물을, 산산조각을 내버렸다.

'뭐야…… 지, 지금 그건…….'

참격의 공간 도약.

공간을 관장하는 성검 『멜토르』에 의해 발생하는 초상적인 검
기.

"전에도 말했을 텐데."

정신을 차려보니.

이브리스 바로 옆에—— 공간의 틈새가 있었다.

대기를 억지로 갈라놓은 것 같은 균열에서, 작은 용사가 의연
하게 내려왔다.

"난 웃는 너희들이 더 좋다고."

"도련님……."

시온이 전장에 내려선 순간, 이브리스의 변모가 멈췄다. 원래의 인간 같은 모습으로 돌아가고, 경악과 안도가 뒤섞인 것 같은 복잡한 목소리를 흘렸다.

"어째서…… 여기에?"

"전에도 설명했었는데── 너희가 지니고 있는 반지 모양 통신기에는 착용한 자의 마력을 감지하는 기능이 있어. 그래서 너희가…… 마족으로서의 힘을 쓰려고 하면, 내가 알 수 있지."

"예? 그런 소리 했던가?"

"……난 분명히 네 명이 다 있는 데서 설명했다. 그때 네가 아무리 봐도 졸린 것 같아서 주의를 줬더니, 너는 『아뇨, 안 잤거든요?』라고 우겼고……."

"아, 아하하……."

메마른 웃음소리를 흘리는 이브리스.

시온은 한숨을 쉬면서 계속 말했다.

"준비를 마치고 저택에서 나오려고 한 타이밍에── 네 반지에서 반응이 느껴졌거든. 무슨 일이 일어난 것 같다 싶어서 급하게 날아왔는데…… 아무래도 서두르길 잘한 것 같네."

거리를 장악하는 성검 『멜토르』.

지금은 시온의 오른손 안에서 마검으로 변해 있는 그 검을 사용하면, 보통은 대규모 의식이 필요한 공간 도약도 간단하게 쓸 수 있게 된다.

시야 범위 안에만 있으면 어디에 있건 순식간에 도약 가능.

장거리 이동이더라도 좌표가 되는 마력 ——이번 경우에는 이브리스—— 만 있으면, 공간 도약 자체는 가능하다.

　하지만——

　"괘, 괜찮으세요, 도련님? 분명히, 장거리 공간 도약은 육체에 걸리는 부하가 장난이 아니라고 들었는데……."

　"문제없어. 지금—— 치료하는 중이야."

　시온의 몸 곳곳에서 흘러나오던 피가 증발하는 것처럼 사라져 갔다. 몸속에서는 장기와 뼈가 몇 군데 부러지고 터졌지만, 그것도 순식간에 회복했다.

　"그거…… 별로 안 괜찮은 것 같은데요."

　"너야말로 괜찮은 거야?"

　시온은 그렇게 말한 뒤에, 이브리스 뒤쪽에 있는 엘프들 쪽으로 시선을 옮겼다.

　이브리스가 지키려던 자들을——

　"아~ 괜찮습다. 대단한 상처도 아니고요. 치료도 치유 마술도 필요 없는 수준이에요."

　"……저 사람들을 지켰구나. 너 혼자였다면 이 정도 상대는 별 것도 아니었을 텐데."

　"하하…… 그만 하세요. 전 도련님처럼 사람이 좋지 못하니까. 전부…… 그냥 자기만족입니다."

　"자기만족이라도 상관없어."

　상냥한 미소를 지으며 말하고, 시온이 앞쪽을 봤다.

　"그렇다면 네 자기만족은, 주인인 내가 이어받겠어."

눈앞에서는—— 이미 진흙이 재생하고 있었다.

산산조각으로 잘려나갔는데, 아무 일도 없었다는 것처럼 원래의 거대한 진흙 덩어리로 돌아가려 하고 있다.

"조심하십쇼, 도련님. 저 자식, 공격이 하나도 안 통해요. 뭘 해도 바로 재생되더라고요."

"그런 것 같네."

시온은 진흙 덩어리를 관찰하더니,

"저놈은 아마도…… 슬라임일 거야."

그렇게 말했다.

이브리스는 경악했다.

"스, 슬라임? 저게 말이에요?"

"그래."

"슬라임이라면, 좀 더 이렇게, 작고 예쁘고 귀여운 놈이잖아요? 마계에도 인간계에도 흔히 있는……."

"현대의 슬라임은 그렇지. 하지만 먼 옛날 마계에 존재했던 슬라임의 조상이라고 불러야 할 존재는, 거대한 진흙 덩어리에 수많은 촉수를 지녔다고 해. 나도 옛날 문헌에서밖에 못 봤는데…… 슬라임이라고 불리는 점성 마수는 일말의 지성도 없는 대신에 한도 끝도 없는 식욕을 지녔고, 눈에 띄는 생명체를 몸 안으로 집어넣어서 먹어치운다고 하는, 끔찍한 괴물이었다는 것 같아."

"그, 그런 놈이, 어째서……."

"몰라. 하지만, 느긋하게 생각하고 있을 시간도 없을 것 같네."

직후——

수많은 촉수가 시온을 덮쳤다.

시온은 오른손에 쥔 마검 『멜토르』로 참격을 공간 도약.

공간을 뛰어넘은 참격이 모든 촉수를 단번에 베어버렸다.

하지만 의미는 없다.

촉수는 바로 재생해버린다.

'역시 의미는 없나. 그리고…… 이 독기.'

대기에 충만해지고 있는 끔찍한 독기.

시온이나 이브리스에게는 큰 영향이 없지만—— 뒤에 있는 자들이 거기에 닿으면 무사하지 못하겠지.

'물리 공격은 무의미…… 그렇다면, 이브리스가 생각한 것처럼 얼려버릴까?'

이브리스가 마족으로서의 힘을—— 『다크 엘프』로서의 힘을 해방하려고 한 이유는, 슬라임을 본 순간에 바로 이해했다.

모든 공격을 무효화하는 괴물을, 얼려서 움직임을 멈추게 하려고 생각했겠지.

'……아냐, 안 돼. 불확정 요소가 너무 많아. 게다가 내 빙결 마술은 이브리스한테 못 미치고.'

온갖 마술을 경이적인 수준으로 다룰 수 있는 시온이지만, 빙결 마술만 따졌을 때는 마계 최강의 얼음 사용자라고 일컬어지던 이브리스한테 한 걸음 못 미친다.

고대에 두려워했던 끔찍한 괴물에게, 빙결 마술이 어디까지 유효할지도 모르는 일이다.

시온의 빙결 마술이 통할 거라는 확증도 없고.

'게다가 이 독기…… 약간이지만 생명력이 느껴진다. 단순한 독소가 아니야. 이건, 기체로 변한 슬라임의 몸 그 자체야……!'

말하자면 잘라낸 촉수에 가깝다.

액체 생물 슬라임—— 액체나 마찬가지인 그 육체가, 수증기처럼 변해서 대기 속을 채우고 있는 것이다.

이래서는 본체를 얼려버린다고 해도—— 독기는 사라지지 않는다.

본체를 송두리째 없애버리지 않으면, 생명력이 이어져 있는 독기가 계속 활동할 것이다.

'그렇다면—— 방법은 이것밖에 없어.'

시온은 장갑을 벗고 오른손을 들었다.

손등에 새겨진 것은 흉악한 각인.

에너지 드레인.

오른손으로 건드리기만 하면, 생명을 가진 모든 것들은 죽어버리게 된다.

평소에는 억누르고 있는 에너지 드레인을 해방하면, 이 끔찍한 슬라임이라도 조각 하나 남기지 않고 없애버릴 수 있겠지.

주위에 가득 차 있는 독기까지 포함해서, 슬라임의 존재 자체를 없애버리는 게 가능하다.

"하앗!"

시온은 대지를 박차고 뛰쳐나갔다.

시간이 없다. 1초라도 빨리 슬라임을 없애버리지 않으면, 뒤에 있는 아이들이 독기 때문에 쓰러지게 된다.

슬라임을 향해 질주하는── 도중에.

"──으."

시온은 강렬한 위화감을 느꼈다.

마치.

마치── 누군가의 의도에 의해 에너지 드레인을 써버리게 된 것 같은, 이 상황에 대해.

어느 곳도 아닌 장소──

"모든 것이 네가 노린 대로 됐다는 건가."

"그렇게 되지."

담담하게 말하는 이터너에게, 노인은 즐겁다는 것처럼 대답했다.

"그렇군. 이것을 위해 슬라임이라는 고대의 마수를 선택한 것인가."

"바로 그거야. 이 상황을 만들어내기 위해서는 원초의 슬라임이 가장 적합했지. 어지간한 공격은 소용없어. 항상 주위에 독기를 뿌려대고. 주위에 피해를 주지 않고 재빨리 쓰러트리기 위해서라면── 저 소년의 오른손을 쓰는 방법밖에 없지."

"……."

"그가 에너지 드레인을 쓰게 만들기 위해서는, 이것보다 좋은 적은 없어. 게다가 지성이 없다는 점도 좋지. 말하자면 반사적으로 살아갈 뿐인 식물 같은 존재니까, 착한 시온 군도 마을 아파하지 않고, 인정사정없이 오른손으로 소멸시킬 수 있겠지."

"모든 것은 그가 오른손을 쓰게 만들기 위한 일이었나. 그렇다면── 슬라임 안에는 뭘 숨겨뒀지?"

"성검을 한 자루."

노인이 말했다.

이터너의 한쪽 눈썹이 움찔, 하고 움직였다.

"호오. 꽤나 대담한 수를 썼군."

"좀 거친 방법이지만. 이 정도는 해야 저 소년도 앞으로 나아가겠지. 계속 지금처럼 미적지근한 상태에 머물지 않고."

어딘가 질렸다는 것처럼 말하고, 노인은 계속해서 말했다.

"그 성검은 특별한 물건이야. 급조하기는 했지만…… 보통 성검 대여섯 자루 정도의 효력이 있거든. 몸속에 흡수하면 그걸로 끝, 그는 단숨에──."

"──마왕으로 다가가게 된다는, 그런 말인가."

예전의 나와 마찬가지로.

라고.

이터너가 말했다.

죽은 사람 같은 눈을 한 채로, 말했다.

노인은 빙긋 웃었다.

"이걸로 이야기가 단숨에 움직이겠지. 길고 따분한 날들이 끝을 맞이하게 될 거야."

"하지만── 괜찮을까."

정말로 유쾌하다는 분위기의 노인에게, 이터너가 물었다.

"저 소년은 무서울 정도로 총명하다. 네 노림수를 눈치챌 가능성도 있을 텐데. 저렇게…… 한눈에 봐도 오른손으로 쓰러트려 주기를 바라는 것 같은 적까지 준비했으니까. 뒤에서 손을 쓰고 있는 네 존재를 눈치챈다고 해도 이상하지 않을 텐데."

"그래, 그렇겠지. 저 소년이라면 그 정도는 눈치챌지도 몰라. 위화감 정도는 느낄지도 모르고. 하지만── 아무 문제 없어. 저 소년은 쓸 거야. 틀림없이 오른손을 쓸 거라고."

왜냐하면. 노인이 말했다.

"그는 잔혹할 정도로 총명하지만 그 이상으로, 슬플 정도로 착하니까."

"…………."

"위화감을 품더라도 안 쓸 수는 없을 거야. 그러지 않으면── 생판 모르는 하프 엘프 아이들을 지킬 수가 없으니까."

"…………."

"혼자서 뭐든지 다 할 수 있으면서, 그는 절대로 약한 자들을 버리지 않아. 그래서, 행동을 조종하는 것도 아주 간단하지."

"그렇군. 거기까지 포함한 것이 네 계획인가. 정말 못된 취미군."

"그야 당연하지."

가볍게 웃은 뒤에,

"그렇지 않으면 신 노릇을 못 하거든."

그렇게, 노인이 말했다.

그리고──

"아, 저거 봐. 역시 썼어."

이곳이 아닌 어딘가에서 벌어지는 싸움을 지켜보며, 그 표정에는 희열이 깃들었다.

노린 대로 됐다는 것처럼 조용히 웃었다.

그 싸움은 노인이 생각했던 대로 진행되고 있었다.

슬라임이라는 위협을 상대로, 시온이 오른손의 힘을 쓴다.

그리고 슬라임 안에 장치해둔 성검이 소년의 몸속으로 흡수되고.

모든 것이 계획대로──

"──뭐야?!

하지만.

노인은 혼란스러워하며 소리를 질렀다. 계속 실실 웃고 있던 얼굴이 온통 경악과 곤혹으로 물들어버렸다.

"마, 말도 안 돼……. 이런 일이……."

그 눈동자가, 두려움과 공포로 물들어갔다.

"저놈은…… 대체 어디까지……?!"

닥터 밍겔.

흰머리에 마른 체구의 노인.

『영번 연구실』이라고 불리는 비밀 연구 기관에서 연구실장을 맡았던 사내다.

얼마 전에 연구실의 잔당들과 함께 테러 활동을 도모했지만,

시온과 메이드들의 방해에 의해 실패. 현재는 왕도의 감옥에 수 감 중.

그리고.

그는 2년 전에—— 마왕의 저주에 걸린 시온의 육체를 구석구 석까지 모조리 검증했던 사내다.

단적으로 말해서, 밍겔은 인격이 파탄된 자였다.

연구 외에는 관심이 없고, 연구를 위해서라면 뭐든지 했다. 법 에 저촉되는 연구는 이루 헤아릴 수도 없을 만큼 행해왔다.

그런 밍겔에게 시온은 최고의 연구 재료였다.

에너지 드레인.

불사의 육체.

더할 나위 없을 정도로 연구 의욕을 자극하는 극상의 소재.

게다가 시온의 연구는—— 왕실에서 직접 명령한 것이었다. 『이 저주를 어떻게든 해라. 무슨 짓을 해도 좋다』라는 말과 함께.

공적인 허가를 받은 밍겔은—— 멈추지 않았다.

자신의 욕망이 이끄는 대로, 에너지 드레인과 불사의 육체를 있는 대로 검증했다.

특히나 끔찍했던 것은—— 불사의 검증.

시온이 어떤 상처를 입으면 육체가 어떻게 재생하는지를 철저 하게 연구했다.

그 중에 하나로 『절단에 대한 재생』이라는 것이 있었다.

예를 들어서 목을 자른 경우——

의식과 자아는 머리 쪽에 있다. 몸통은 30초 정도는 자기 의지

215

로 움직일 수가 있고, 그 시간 안에 머리를 되돌려놓으면 상처 부분에서 재생이 시작되지만, 30초가 지나면 몸통은 소멸되고 머리 쪽 절단면에서 새로운 몸이 구축된다.

예를 들어 팔을 잘라낸 경우——

머리와 마찬가지로. 잘라낸 팔을 되돌려놓으면 바로 다시 붙지만, 30초 정도 방치하면 잘라낸 팔은 소멸하고 새로운 팔이 자라났다.

이 시간은—— 어느 정도 컨트롤할 수 있었다.

시온이 바로 새 팔이 자라나기를 바라면 30초도 되지 않아서 새로운 팔이 형성됐고, 원래 팔은 소멸됐다.

반대로 재생을 바르지 않으면 한참 동안 재생이 시작되지 않았다. 그래도 3분 뒤에는 강제적으로 재생이 시작됐지만.

그리고.

이 메커니즘은 재생하는 팔이 오른팔인 경우에도—— 마찬가지였다.

각인이 새겨진 팔이라도 잘라내면 재생한다. 붙여서 접합시킬 수도 있고, 새로 자라나게 할 수도 있다.

단.

왼손과 다른 점도, 딱 하나 있었다.

에너지 드레인.

각인이 새겨진 오른손은 절단해서 소멸할 때까지의 시간 동안 잘라내기 전과 동등한 에너지 드레인 능력을 계속 유지한다는 것이, 검증 결과 판명됐다——

'……흥. 그 작자의 연구도, 조금이나마 도움이 됐다는 건가.'

감사하는 마음은 털끝만큼도 없지만, 이라고.

시온은 마음속으로 투덜거렸다.

그 오른팔은—— 손목 아래쪽이 사라져 있었다.

재생은 시작되지 않았다.

시온이 의도적으로 막고 있다.

잘라낸 오른손은—— 슬라임의 몸속에 있다.

『노 브레스』.

온갖 생명력을 송두리째 빨아들이는 금단의 오른손이 지닌 힘이 지금, 잘라낸 오른손만 남아서 그 효과를 계속 발휘하고 있다.

몇 분 전.

시온은 오른손이 슬라임에 닿은 순간—— 왼손에 들고 있던 『멜토르』로 오른손 손목을 잘라버렸다.

잘려나간 오른손은 슬라임의 반사 행동에 의해 몸속으로 삼켜졌고, 그 뒤에는 손만 남아서 에너지 드레인을 계속 발동하고 있다.

2년 전에 검증한대로의 효과이다.

시온이 의식적으로 오른손의 재생을 막으면, 잘려나간 오른손을 계속 효력을 발휘한다.

슬라임은—— 바로 죽어버렸다.

바닥에서 버둥대는 촉수도, 대기 속에 차 있던 독기도, 흔적도 없이 사라져버렸다.

거대한 액체 생물이 흔적도 없이 사라져버리자, 거기에는 오른손만이 덩그러니 남았다.

"…………."

시온은 오른손 재생을 시작했다.

그랬더니 바로 절단면에서 새로운 오른팔이 자라났다.

동시에, 잘라낸 오른손은 안개처럼 소멸됐다.

그리고──

"……역시, 나."

오른손이 사라진 장소에── 칼 한 자루가 남아 있었다.

한눈에 봐도 알 수 있다.

신성한 기척이 감도는 그것은, 성검이라고 불리는 칼이었다.

"……어. 어? 성검……?"

이브리스가 곤혹스러워하며 중얼거렸다.

"왜 슬라임 속에서 성검이……?"

"글쎄. 누군가── 넣어둔 놈이 있었을지도 모르지."

대답하면서, 시온을 앞으로 걸어가서는 성검을 손으로 집었다.

"처음 보는 성검인데……. 내가 모르는 성검일까, 아니면──
새로 창조된 성검일까."

"……예? 아니, 저기, 전 무슨 소린지 하나도 모르겠거든요? 솔
직히 도련님이 오른손을 잘라버린 시점부터 의미를 모르겠는데
말이죠."

"신경 쓰지 마. 나도 다 아는 건 아니야. 하지만── 이걸 조사
해보면 조금은 알게 될지도 몰라. 내 몸에 흡수해서 마검으로 만
들어버린 상태에서 검증하는 것보다는, 많은 정보를 손에 넣을

수 있을 것 같아."

마치 누군가가 꾸며놓은 것 같은 상황.

강렬한 위화감을 느낀 시온은 오른손을 잘라버리는 작전을 감행했다.

뭔가 확실한 증거가 있었던 건 아니다.

어느 정도 계산은 했지만, 마지막에는 본능적으로 결단했다.

그 결과는── 정답이었다.

슬라임 속에 뭔가가 숨겨져 있었다.

오른손을 썼다면 틀림없이 걸려들었을 함정이.

어찌된 영문인지 그 자는, 시온이 성검을 흡수하게 만들려 하고 있다.

그래서 슬라임 속에 성검을 숨겨두고, 오른손으로 쓰러트린 순간에 흡수되도록 꾸몄다.

하지만── 그 꿍꿍이는 실패로 끝나고 말았다.

성검은 흡수되지도 않고, 마검으로 변하지도 않고, 있는 그대로의 상태로 시온의 손에 들어왔다.

"…………."

시온은 시선을 하늘 쪽으로 옮겼다.

'노리는 게 뭔지는 모르겠지만, 네 생각대로는 안 될 거야, 노인.'

이날.

신동은 신을 뛰어넘었다.

Presented by Kota Nozomi / Illustration = Pyon-Kti

Genius
Hero
and
Maid
Sister

에필로그   Genius Hero and Maid Sister.

소동이 끝난 뒤에——

도무르와 하프 엘프 아이들은 예정대로 마을을 떠났다.

노예의 목줄은 시온이 풀어줬고, 당분간 쓸 생활비도 줬다.

이것으로 전부 잘 될—— 리는, 당연히 없겠지.

하지만 시온이 할 수 있는 일은 이게 전부였다.

한편.

『노예 해방 운동』은 국가에서 손을 써서 바로 폐지해버렸다.

시온과 레비우스가 움직일 필요도 없이, 나라가 움직여서 제압한 것이다.

원래는 수괴였던 카밀이, 자신이 지닌 연줄을 이용하고 위쪽에 뇌물을 바쳐서 국정과의 관계를 잘 조정하고 있었다.

대가를 치러서 못 본 척하게 만들었던 것이다.

또한 그 자신이 위쪽의 다양한 약점—— 불륜 문제나 금전 사정 등에 대한 약점들을 잔뜩 쥐고 있었기 때문에, 쉽사리 손을 대지 못했었다.

하지만.

카밀이 죽으면서—— 나라가 재빨리 움직였다.

머리가 사라지고 통솔력을 잃은 단체는, 순식간에 모든 악행이 밝혀지고 말았다.

운동에 관여했던 귀족들은 하나같이『우리는 피해자다. 진심으로 평등한 사회를 바라고 있었다』고 주장했다는 것 같지만, 그들에 대한 처우는 앞으로의 조사와 재판에 따라서 결정되겠지.

그렇게 해서 사건은 막을 내렸다.

항상 그랬던 것처럼 시온 터레스크가 얻은 것은 없── 지는 않았다.

이번에 시온은 명확한 전리품 하나를 손에 넣었다.

"…………."

저택의 자기 방.

시온은 벽에 걸어놓은 칼을 바라봤다.

신성한 분위기가 감도는 그 칼은, 슬라임 속에 있었던 성검이다.

'이 기운, 역시 성검이 틀림없어……. 하지만, 내가 모르는 성검이야.'

로가나 왕국에 전해지는 두 자루와도, 다른 나라에 전해져 내려온 것과도 다르다. 동서고금의 성검 관련 문헌에 기록된 것 중에도 해당하는 것이 없다.

새로 발견된 것일까.

아니면── 새로 창조된 것일까.

'성검…… 먼 옛날, 인간의 나약함을 불쌍히 여긴 신이, 인간을 위해 내려준 검.'

그렇다.

성검은── 신이 내려준 검.

그렇다면.

신이라면 새로운 성검을 창조할 수 있다고 해도 이상할 것이 없다.

'노인…… 전부 네놈이 꾸민 일인가?'

머릿속에 떠오른 것은 무투대회에서 만났던 소년.

하나부터 열까지 전부 수상했던, 인간이 아닌 것 같은 분위기가 감돌던 소년.

그가 이번 일에 관여했다는 증거는 없다.

하지만 시온은—— 왠지 그런 기분이 들었다.

그야말로 본능이라고 말할 수밖에 없는 영역에서.

'성검을 모으고 흡수하면 몸이 원래대로 돌아갈지도 모른다…… 그렇게 생각했었는데, 아무래도 그렇게 단순한 일이 아닌 것 같아.'

성검 흡수는—— 원래 몸으로 돌아가기 위한 방법이 아닐지도 모른다.

어쩌면 정반대로, 파멸로 이어지는 길이었는지도 모른다.

노인은, 또는 누군가가.

시온이 성검을 흡수하게 하려고, 이번 같은 일을 꾸밀 정도니까.

하지만 이번에.

시온은 상대를 뛰어넘었다.

상대의 계산에 의하면 흡수했어야 할 성검을, 그대로 손에 넣고야 말았다.

'새로 만든 성검…… 이걸 조사하면 뭔가를 알게 될지도 몰라.'

뭔가를.

성검의 비밀을.

시온을 갉아먹는 저주의 비밀을.

또는.

이 세계의 숨겨진 비밀을——

시온이 성검을 바라보며 진지하게 생각에 잠겨 있는데,

"시, 시온 님! 큰일입니다!"

갑자기, 아르셰라가 방으로 뛰어 들어왔다.

아르셰라 혼자만이 아니라 페이나와 나기도 같이.

세 사람 모두 엄청나게 당황한 분위기였다.

"무슨 일이야?"

"이, 이브리스가……."

아르셰라가 떨리는 목소리로 말했다.

"크, 큰일 났어요, 이브리스가——."

"뭐야, 또 무슨 사고라도 쳤어? 아니면, 일을 농땡이 피우고 어디로 나갔어? 무슨 일을 저질렀는지는 모르겠지만, 이제 와서 이브리스가 무슨 일을 저질렀다고 해도 그렇게 놀랄——."

"——알아서, 열심히 일을 하고 있어요!"

"……뭐라고?!"

당황해서 방에서 뛰쳐나와 현관까지 달려간 시온은, 믿을 수 없는 사실을 목격하고 말았다.

"세상에…… 말도, 안 돼……."

저택 현관에서는—— 이브리스가 청소를 하고 있었다.

손에는 빗자루와 쓰레받기.

현관 구석구석, 아주 꼼꼼하게 청소 활동을 하고 있었다.

평소에는 칠칠맞게 풀어 입고 있던 메이드복도, 꽤 단정하게 착용하고 있었다.

"……아, 아르셰라, 네가 시킨 건 아니고?"

"아닙니다…… 제가 말할 필요도 없이, 알아서 일을 찾아서, 자주적으로 청소를 시작했습니다……."

"뭐…… 라고?! 저 녀석이, 누가 시키지도 않았는데, 알아서 일을 찾아서 시작했다고……?!"

깜짝 놀라는 시온.

다른 사람들도 같은 반응이다.

하늘과 땅이 뒤집히기라도 한 것처럼 놀랐다.

"이건 꿈인가……? 난 아직도 자고 있는 거야?"

"걱정되네. 어디 아픈 거 아냐……?"

"머리를 세게 부딪쳤는지도 모른다……."

"설마…… 가짜인가? 누군가가 이브리스로 변했을 가능성도……."

"──아~ 진짜, 짜증 나게!"

네 사람이 제각기 멋대로 억측을 늘어놨더니, 화가 난 이브리스가 소리를 지르면서 뒤를 돌아봤다.

화가 난 표정이지만, 볼은 약간 발그레했다.

"뭐냐고 이놈이고 저놈이고! 내가 열심히 일하는 게, 그렇게 이상하냐!"

"……뭐, 그게."

애매하게 말을 흐리는 시온.

평소 행실이 행실이다 보니, 라는 생각은 마음속에 묻어두고 이브리스 쪽으로 다가갔다.

"어떻게 된 거야 이브리스? 무슨 일이라도 있었어? 아니…… 정말 훌륭한 일이고, 불만은 하나도 없지만……."

"그냥……. 가끔은 열심히 일해볼까 싶어서 그랬을 뿐임."

퉁명스레 대답하는 이브리스.

그 때,

"아~ 알았다.

페이나가 신난다는 목소리로 말했다.

"후후후~ 이브리스도 참, 솔직하지 못하다니까."

"뭐, 뭔데……?"

"이거, 감사의 마음이지? 이번 일로, 시온 님이 잔뜩 도와준 데 대해서, 감사하는 마·음."

"……윽."

페이나가 지적하자, 이브리스의 얼굴이 발개졌다.

"헤에. 그랬군요. 당신도 의외로 귀여운 구석이 다 있네요."

"이브리스 치고는 기특한 마음가짐이군."

"……아~ 진짜. 시끄러, 시끄럽다고."

아르셰라와 나기가 놀리는 것처럼 웃자, 이브리스는 더더욱 쑥스러워했다.

"이브리스……."

시온이 입을 열었다.

"그렇게까지 신경 쓸 필요는 없어. 나는 나대로, 내 멋대로 행동했을 뿐이니까."

"……도련님은 그럴 거라고 생각하기는 했는데…… 뭐 일단, 형식적으로나마 뭔가 해야 할 것 같아서 말이죠."

"흐음. 그랬나. 그렇다면── 네 뜻을 존중하겠어."

"예?"

곤혹스럽다는 소리를 내는 이브리스.

시온은 한층 크게 고개를 끄덕였다.

"이유가 어쨌거나, 동기가 뭐가 됐건, 네가 앞으로도 성실하게 일하겠다면…… 이보다 기쁜 일은 없지!"

"…………."

"후후. 마치 꿈만 같네. 설마 네가 자발적으로 변하려 하는 날이 오다니……. 좋았어! 오늘부터 내가, 네게 규칙적인 생활이 얼마나 훌륭한지에 대해 확실하게 가르쳐주겠어!"

"…………."

"그렇지, 하는 김에 정리정돈도 가르쳐주지. 열었으면 닫는다! 넣을 때는 다시 꺼낼 때를 생각하고! 아, 그렇지. 마침 좋은 기회다. 전부터 신경 쓰이던 네 방 청소도 해야겠다. 일단 전부 밖으로 꺼내고── 어? 어라?"

어느새, 눈앞에 있던 이브리스가 보이지 않았다.

"이, 이브리스가 어디로 갔지?"

메이드 세 명에게 물었더니, 하나같이 눈짓으로 저택 바깥쪽을 가리켰다.

밖으로 도망친 것 같다.

시온은 황급히 이브리스를 쫓아갔다.

"이, 이봐! 왜 도망치는 거야, 이브리스?!"

"……저기요, 좀 봐달라고요."

"열심히 하기로 한 게 아니었나?!"

"…………그게 말이죠, 정도라는 게 있는 거잖아요."

도망치는 이브리스와 쫓아가는 시온.

술래잡기는 한참동안 이어졌고, 중간에 다른 세 명까지 참가하면서 큰 소동이 돼버렸다. 결국 이날은 평소보다 더 저택 안의 일이 진척되지 않은 날이 되고 말았다.

하나의 사건을 마치고, 시온은 하나의 단서를 얻었다.

어디로 이어질지도 모르는 것이지만, 그래도 분명히 앞으로 이어지는 열쇠를 손에 넣은 것이다.

미래에 대한 불안은 끊이지 않고, 앞으로 얼마나 더 가혹한 운명이 기다리고 있을지는 짐작도 할 수 없다.

그래도 그들은── 오늘도 행복하게 하루하루를 살아가고 있다.

작가 후기

지금은 슬라임이라는 존재가 약한 몬스터의 대명사처럼 알려져 있지만, 창작물에 나오는 슬라임의 기원을 거슬러 올라가보면, 옛날에는 끔찍할 정도로 강하고 무서운 몬스터로 그려지고는 했습니다.

지금의 이미지가 정착된 것은 아마도 모 국민적인 게임의 영향이겠죠. (주 : 게임 드래곤 퀘스트 시리즈)

반대로 생각해보면, 누라리횬이라는 요괴가 요괴의 총대장으로 알려지게 된 것도, 모 국민적 요괴 만화의 영향이라든지. (주 : 게게게의 키타로)

이렇게 문명이 발달한 현대에도, 요괴나 몬스터 같은 공상속의 생물은 저희들 개개인의 머릿속에 존재하고 있고, 왠지 공통된 인식 같은 것이 있습니다. 그러면서도 그 공통 인식은, 뭔가 폭발적으로 유행하는 콘텐츠가 있으면 순식간에 뒤바뀌게 되죠.

그건 뭐랄까요, 옛 시대에 신화나 요괴 이야기가 전승 속에서 점점 모습을 바꿔가면서 퍼져나간 것과 비슷하다는 생각이 듭니다.

현대를 살아가는 우리들이 즐기는 게임이나 만화, 소설도 일종의 민간전승일지도 모르겠네요.

……뭔가 본편이랑 별로 상관이 없는 이야기 같기도 합니다.

그렇게 해서, 아무튼 노조미 코타입니다.

천재 소년과 메이드 누나들의 이야기, 제3권.

즐거운 일상을 보내면서, 이브리스에 대해 조금 깊이 다뤄봤습니다.

이번 이야기를 통해서 제가 독자 여러분께 전하고 싶었던 것은 단 하나.

갈색 피부 누나는 위대하다는 사실, 단지 그것뿐입니다.

그러니까~.

이번에는 후기 페이지가 많이 나왔는데, 딱히 쓸 이야기도 없으니까 캐릭터 이름의 유래에 대해서라든지.

먼저 주인공.

『시온 터레스크』

눈치 채신 분도 계실지도 모르겠지만, 줄이면『쇼타』랑 비슷한 느낌이 될 것 같은 이름을 생각한 결과로 이렇게 됐습니다.

시리즈 마지막 권의 마지막 문장은——

이렇게 해서, 이 대륙에서는 시온 터레스크라는 소년의 매력에 사로잡힌 여성들이 급증했고, 그 여성들은『시온 터레스크 콤플렉스』—— 줄여서『쇼타콤』이라고 부르게 됐다던가 뭐라던가.

그리고 행복하게 잘 살았습니다.

──대충 이런 느낌으로 마무리할 예정입니다.

……뻥입니다. 아니, 거짓말은 아닐지도 모르지만, 아무튼 어떻게 될지는 모르는 일입니다. 이다음 내용은 전혀 생각도 안 해 놨으니까요. 어쩌면 정말로 이런 문장으로 끝나게 될지도 모르고, 아닐지도 모릅니다.

갑자기 선전.

드디어 만화판 연재가 시작됐습니다.

뭔가 진짜로 엄청난 퀄리티입니다.

일본의 잡지 월간 코믹 얼라이브에서 연재 개시.

나중에는 다른 인터넷 만화 사이트 같은 곳에도 올라가게 될지도 모릅니다.

부디 잘 부탁드리겠습니다.

이하 감사 인사.

담당 편집자 님. 이번에도 신세 많이 졌습니다. 이번에는……정말 징그러울 정도로 폐를 끼친 것 같지만, 앞으로도 제발 저를 버리지 말아 주세요.

일러스트레이터 퐁키치 님. 이번에도 훌륭한 일러스트를 그려주셔서 정말 감사합니다. 여전히 야한 언니들이 정말 매력적이라서 최고입니다.

그리고 이 책을 구입해주신 독자 여러분께 최대급의 감사를.

그럼, 인연이 있다면 또 만나기를 바랍니다.

신동용사와
메이드 누나

Genius Hero and Maid Sister.

신동용사와
메이드 누나

Genius Hero and Maid Sister.

원작: 노조미 코타 ✕ 만화: 퓽키치

원작 콤비가 그린
판촉용 4컷 만화
특별 수록!!!

Presented by Kota Nozomi
Illustration = pyon-Kti

꾸벅...
꾸벅...

흐암~

이브리스
시온을 섬기는 메이드 중에 한 명
게으르고 농땡이 피는 일이 많고
은근히 야한 누나

이브리스!
서고 꼴이
저게
뭐야?!

움찔

벌

아
......

쫑알 쫑알

책 순서가
엉망이잖아.
쩌자 이름
순서대로
끼워놓으라고
했는데!

그딴 건
대충
해도
되잖아요.

거청
떨어
지잖네...

시킨 대로
청소 다
했거든요?

신동용사와
메이드 누나

Genius Hero and Maid Sister.

SHINDOU YUUSHA TO MAID ONEESAN Vol.3
©Kota Nozomi 2019
First published in Japan in 2019 by KADOKAWA CORPORATION, Tokyo.
Korean translation rights arranged with KADOKAWA CORPORATION, Tokyo.

신동용사와 메이드 누나 3

2020년 3월 24일 1판 1쇄 인쇄
2020년 4월 1일 1판 1쇄 발행

저   자 노조미 코타
일러스트 풍키치
옮 긴 이 김정규
발 행 인 유재옥
본 부 장 조병권
담당편집 정영길
편 집 1 팀 정영길 김민지 조찬희
편 집 2 팀 김다솜 이본느
편 집 3 팀 오준영 김효연 박상섭
미   술 강혜린 박은정
라이츠담당 김슬비 한주원
디 지 털 전준호 박지혜 이성호
발 행 처 ㈜소미미디어
인쇄제작처 코리아피앤피
등   록 제2015-000008호
주   소 서울 마포구 토정로 222, 403호(신수동, 한국출판콘텐츠센터)
판   매 ㈜소미미디어
마 케 팅 한민지
물   류 허석용 최태욱
전   화 편집부 (070)4164-3962, 3963 기획실 (02)567-3388
          판매 및 마케팅 (070)4165-6888, Fax (02)322-7665

ISBN 979-11-6507-505-7 04830
ISBN 979-11-6507-026-7(세트)